U0652342

挚友

[日] 川端康成 著

杨伟 译

Yasunari Kawabata

かわばた やすなり

CNS PUBLISHING & MEDIA

湖南文艺出版社
HUNAN LITERATURE AND ART PUBLISHING HOUSE

博集天卷
CS-BOOKY

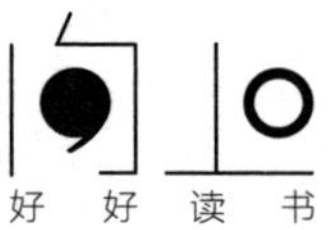
好 好 读 书

川端康成
(1899年—1972年)

目录

Contents

挚友

C o n t e n t s

两个少女

挚——友

新学年的四月。

教理科的高田老师已确定担任一年级 B 班的班主任。此刻，他正顺着楼梯走向一年级 B 班的教室。无意中，他将目光转向了学校的操场。

嫩叶绽放的樱花树在风中剧烈地摇曳着。白色的窗帘被吹得缠在了窗棂上，猎猎作响。尽管校园里阒无人影，只有明媚的阳光，但或许是因为吹着风吧，总觉得有什么在动弹。

这情景让高田老师不由得陷入一种错觉，仿佛毕业生们的一张张面孔正翩然浮现在那操场上。亲密相处了三年，如今已升学或踏进社会的少男少女们——尽管和他们建立了长期的交情，可从本学年开始，自己负责的却是刚入学的一年级新生。

（那可是一帮完全摸不透他们心思的新生……）想到这里，高田老师也不禁有些忐忑不安。

（如果是些乖孩子就好了……但愿里面不要有坏孩子……）

从一年级B班教室传来了喧闹的嚷嚷声。

高田老师站上讲台，环视着四周。只见十八名女生排列在走廊一侧，而站在窗边的男生则约莫有二十四五名。

“请肃静……我现在开始点名了。被点到名字的人，请清楚地回答一声。”

作为老师，理应尽快记住学生的名字和面孔。尽管在按照名簿点名的同时，也会抬起头来观察学生的面孔，但还是很难记住。

点完男生的名，这次轮到女生了。

“安宅惠美。”

“到！”

这是一个橡皮偶人似的少女。她把辫子束得齐脖子高，额边上的头发有点卷曲，给她那张少女的脸庞平添了几分可爱。

“安藤美智子……井上真理子……”

老师一个接一个地点着新生的名字。

“田村霞美。”

“到！”

高田老师不由得大吃一惊，把视线从霞美挪回至第一个点到的惠美脸上。

“不会是表姐妹吧？……等点完名再问问看。”

是的，那两个女孩竟长得如此相似。

点完名后，老师又就“不忘真心”进行了三分钟的训话。要知道，“不忘真心”已成了这个新制学校的校训。可不承想，就是这短短的三分钟，男生们也似乎静不下来。他们刚从各个小学聚集而来，对一切都充满了好奇，压根就不肯消停。不用说，其中也自有新入学的亢奋吧。

不愧是教理科的，高田老师开始琢磨：在学生们的情绪平静下来，开始有心学习之前，是不是给他们读读《西顿动物记》[①]呢?

午餐的时刻到了。

惠美也打开了便当的包裹，可就是找不着筷子。这下她犯难了，不无怨尤地想起母亲早晨那忙乱的背影。

惠美站起身来，走到高田老师身边，说：

“老师，我忘了带筷子来。可以回去拿吗？”

老师打量着惠美那涨得通红的脸，说：

“原来你家就在附近啊。说到便当嘛，就算是由母亲来做，但也要自己打包哟，毕竟是中学生了。没有筷子，不就跟带了笔记本却没有铅笔一个道理吗？快去下面的勤杂工室借双筷子来吧。”

惠美低着头，正要走出教室，这时，高田老师“啊”的一声，叫住了惠美。

---

① 《西顿动物记》是加拿大作家欧内斯特·汤普森·西顿（1860—1946）的作品，乃动物文学的经典之作。——译注

“对了，老师也忘了带筷子来。麻烦安宅也帮我借一双来吧。”

教室里一下子爆发出了快活的笑声。

没准会被冠上“筷子老师”的绰号吧。但这样一来，高田老师反倒清楚地记住了安宅惠美的名字和面孔。而且，与惠美长得酷似的霞美也留在了老师的脑海里。

同一天生日

挚友

其实，惠美与霞美，并非高田老师所猜想的那样，是什么表姐妹，甚至连朋友都不是。惠美是从 H 小学、霞美是从 K 小学，升入这所中学的。迄今为止，她们还是素昧平生。

新学期过半时，班委田崎在以“脸”为主题的自由命题作文中写道，惠美与霞美长得可像了。当老师把这篇作文作为优秀范文读给大伙儿听的时候，惠美和霞美一边害羞地想着“真有那么像吗”，一边相互打量着对方的脸。

惠美是爸爸和妈妈盼望已久的第一个女孩，所以受到了众人的祝福，被取名为“惠美”。小时候，大家都管她叫“阿惠，阿惠”。这昵称带着柔和而快慰的节奏感，以至于长大以后也照叫不误。

眼下的惠美，已经是四个弟弟妹妹的姐姐了。下面的两个妹妹是一对双胞胎，是战争结束后，父亲从外地回来后才出生的，今年开始上幼儿园了。

惠美老早就琢磨着，进中学后要学钢琴。不料母亲却说：

“现在两个小不点要上幼儿园了，所以阿惠学钢琴的事儿，就再等一年吧。”

听母亲这样一说，惠美只是乖顺地点了点头。

惠美家总是洋溢着明朗快活的气氛，而霞美家却显得冷清而落寞。不过，就像两个人长着相似的脸一样，性格也相差无几。说来，霞美也是个诚实而开朗的女孩，所以，一旦她们俩在一起，那感觉就像是两朵绽放的郁金香花。就连身高也不相上下，因此课桌也是摆放在一起的。

在暑假将近之际，两个人已成了很要好的伙伴。惠美只要一回到家里，就会跟母亲说起霞美的事儿。

有一天，惠美听说霞美的生日也是四月七日，不由得大吃一惊：

“哇！”她瞪圆了眼睛，注视着霞美的脸。

“据说我出生那天，到处春霞缭绕，所以，父亲就给我取了‘霞美’这个名字……”

“我呀，也是四月七号呢。”

“哎呀呀！”这次轮到霞美吃惊了。她又接着说道：“不过，给我取名字的父亲，却在我还没记住他长什么样儿的时候就去世了。现在我是和母亲相依为命呢。”

尽管两个人毫不相干，却有着相似的脸——或许就源于同一天来到这个世界这一神秘的偶然性吧。

是的，就在惠美出生的当天，霞美也开启了她的人生。

第一学期结束的那天，高田老师告诉大伙儿道：

“学生优惠证放在事务员那里，要去海边或山里的人，就自己去领取吧。”

“我，哪儿也不去。”

“我也是。”

惠美和霞美低声嘟哝道。

进入暑假后，两个人要么去临海学校的逗子寮玩耍，要么在学校的游泳池游泳，一周总要见上两三面。

从惠美她们居住的城市，乘电车经过两三个车站，就到了美丽的多摩川。

在霞美的邀约下，惠美也一同去了多摩川游泳。她们把红色的泳衣和配套的白色橡筋泳帽放进塑料袋，穿过烈日炎炎的街道，来到了河边。

尽管在河里游泳的人为数众多，却没有可供换衣服的地方，所以，两个人就来到上游，找到一处树荫，在那里换上了泳衣。等把换下的衣服折叠好，放进草丛中之后，她们就纵身跳进了河里。

河水很浅，流速又快，根本游不尽兴，于是，两个人就溅着水，快乐地嬉戏着，直到身体凉了，才回到河岸边，而等晒过一阵太阳后，又将身体泡进水流中。在如此循环往复的过程中，她们开始有点腻了，于是不约而同地向刚才堆放衣服的草丛走去。

“哎呀！”这时，惠美大叫了一声，脸色也陡然一变。

蓝色汽车

挚——友

原来，惠美放在草丛里的连衣裙不见了。那是一条超可爱的平纹布连衣裙，印着蓝色和粉红色相间的格子花纹。

只看见霞美那件白色与牡丹色的格子衣服还在草丛中。

“怎么回事呢？莫非被谁拿走了？”

“是不良少年的恶作剧吧。”

两人感到一阵害怕，将身体紧挨在一起。

“这下为难了，为难了。既没法在街上行走，也坐不了电车。”惠美呜咽着说道。

霞美沉默着，稍事思考后说道：

“没事。我回家去拿件你能穿的衣服，马上就赶过来。如果不等电车的话，来回也就四十分钟左右吧。”

“四十分钟?！我要一个人在这里待这么久？好害怕呀。怪吓人的。”

“那么，就再往那边挪挪，到有人的地方等着吧。如果是待在带小孩的女人旁边，那就更放心了。”

为了惠美，霞美可是绞尽了脑汁。惠美只是点着头，决定按照霞美的吩咐，转移到下游的河岸边去等着。

霞美用手拎着连衣裙的裙裾，大步跑了起来。为了争分夺秒地赶回家去拿衣服，以便让惠美放下心来，她甚至忘记了天气的炎热。

前面绵延着同样是黝黑枝叶的篱笆，并排着一道道小门。是的，霞美的家就在这条小道上。而不凑巧的是，一辆蓝色的高级轿车停在那里，几乎占据了整条道路。“真是碍事！”霞美神色焦灼地从汽车旁穿过，粗暴地拉开玄关的门，大声喊叫道：

“妈妈，快把衣服拿出来！”

穿着一身清凉衣装的母亲走了出来，一副被霞美的气势给镇住了的惊讶表情。

“衣服，快把衣服拿出来，快，快，快……惠美的衣服被人拿走了。得把我的拿给她穿，赶快呀。”

“喂，霞美，你还要去吗？”

母亲那不紧不慢的样子，让霞美气不打一处来。

“惠美她还穿着泳衣等着呢。她都快急哭了……我必须得赶紧过去……”

母亲拿出了白色的罩衫和草绿色的裙子。

“霞美呀，森田叔叔专门从鹄沼来接我们了。你就别玩了，快点回来哟。”

“我呀，才不想去呢。”霞美爱搭不理地说道，随手关上了身后的门。

母亲颦紧了温柔的蛾眉，就那样伫立着。这时，刚刚开过的门又“嘎吱”一声打开了。

“叔叔！”这高亢的叫声一下子传到了房屋深处。

“哦——”一个穿着考究的中年绅士煞是快乐地回答着走了出来。

“叔叔，能不能开车送我到多摩川去一趟？”

“好啊。霞美居然来求我帮忙，这可是太稀罕了。”

说着，他高兴地走到玄关，很快就坐进了驾驶室。

霞美俨然像个淑女一般，一本正经地坐到了后面的客座上。汽车一上到宽阔的大街，就开始平稳地行驶起来。

“说是你朋友的衣服不见了？”

“嗯。”

“偷女孩子的衣服，真够过分的。”

这时，霞美禁不住想，坐汽车来是对的。在都市那炎热得没有一丝微风的天空上，不知什么时候，已流泻着令人窒息的晦暗色调，就仿佛撒了一层被硫黄熏黑的银子。看来，一场黄昏的骤雨就要不期而至了。

“霞美呀，说到游泳，那还是鹄沼一带的海边才好呢。”

当森田叔叔这么说的时候，前面正好可以看见多摩川波光粼粼的水流了。

“在哪儿呀？”

“不是有个大坝吗？就在那下面的地方让我下车吧。”

“这地方不是很危险吗？阿文她也真够荒唐的，居然放心大胆地让霞美到这种地方来……”

所谓阿文，就是指霞美的母亲。一听森田叔叔用如此亲昵的口吻说话，霞美反倒难为情地绷起了面孔。她阴沉着脸，沉默不语。

霞美小时候是很黏森田叔叔的，可到底是什么时候变成现在这样的呢？对此，就连霞美自己也懵然不知。森田是霞美过世的父亲的远房亲戚，小时候的霞美常常兴高采烈地去他在鹄沼的家玩。

停车后，霞美打开车门，快步跑向惠美等着的河岸边一看，不禁惊讶地发出了“啊”的尖叫声。

瞧，惠美不是穿着原本不见了的衣服，站在那儿吗？等霞美一走过去，在相距四五米开外的地方，一个穿着学生服的少年便撒腿跑开了。

惠美急不可待地攥住了霞美的手。霞美有些沮丧地问道：

“衣服找到了？”

“真是奇妙呢。就在你回去没多久，不知从哪里冒出一个学生来拿给我，问我，这是你的吧。”

“哎，这是怎么回事呀……”

“真是怪瘆人的，对吧？我呢，也没办法更衣，就把贴身短衫穿在泳衣上，再套上外衫，说家里人会来接我，在那里一动不动地待着。看见霞美从车上下来，那个学生就跑掉了。”

“真是讨厌。没准真是不良少年吧？”

对两个少女来说，这的确让人心有余悸。

这时，雨点开始打落在惠美的脖子上，甚至夹杂着一种痛感。

“是骤雨呢。阿惠，快上车吧。”霞美紧紧拽住惠美的手。

在冒雨行驶的汽车里，叔叔听完惠美的描述，说：

“越听越觉得危险。霞美呀，你就约上这个朋友来鹄沼吧。”

“要是惠美也一起去的话，那真是太高兴了。”霞美向前探着身子，说道，“惠美的爸爸妈妈，肯定也会同意的，是吧？”

或许是因为穿着湿漉漉的泳衣不舒服吧，再说也不认识霞美的叔叔，惠美只是眨巴着可爱的眼睛。

剧烈的骤雨在车窗上白花花地倾泻而下。

惠美的家

挚——友

蓝色汽车绕道先送惠美回家。当汽车停下时，风夹着雨，把比门还高的向日葵枝头刮得东摇西晃。

“瞧，阿惠，花枝都要被吹断了。”霞美忧心忡忡地说道。而惠美则平静地回应道：

“没事的。花儿可坚强了。”

可就算从大门走到四米开外的玄关，也免不了被淋个落汤鸡的。

“这雨下得真够大的。”坐在车里的叔叔从驾驶席上望着窗外，说道，“霞美，这下怎么办？”

“那，我就在阿惠家玩玩吧，等到雨停为止。你回去就跟我母亲这么说好啦。”霞美毫不含糊地说道。

“专门让您送我过来，真是对不住。要不，叔叔您也进去休息一会儿，怎么样？”倒是惠美考虑得周全。

叔叔摇着头说：

“不，不，我就免了吧。不过，现在下车的话，你们俩都会被淋透的……”

“我们跑进去，没事的。”霞美用男孩子般的强势语气说道，随即打开车门，边催促惠美，边像兔子般跑了过去，让惠美根本来不及跟叔叔道谢。

玄关的玻璃门就像魔法门要把两个人吮吸进去一般，从里面打开了。那儿站着惠美的母亲。

惠美的母亲皮肤白皙，身体浑圆，俨然是幸福的化身在迎候着她们。

而且，惠美的一对双胞胎妹妹从母亲的裙摆边探出头，就像并排放着的两个人偶一样缠着母亲。

“这场雨，下得让我好担心。”

母亲一边说着，一边来回打量着惠美和霞美，露出诧异的眼神。

霞美还从未造访过惠美家。不过，惠美的母亲却常听惠美说起霞美，所以一眼就知道是霞美。

（哇，长得真是好像……尽管不是孪生姐妹……）母亲感叹不已。

从哗啦啦的雨声中，传来了汽车发动的轰鸣声。

“你听，是叔叔回去了。”惠美说道。霞美只是点了点头。

惠美站在玄关，跟母亲说起了在河岸边衣服“被盗”的事件。

母亲向霞美道过谢后，让她进屋去。也不知霞美从车上下来的那股劲儿去了哪里，只见她背靠在玄关的白色墙壁上，害羞得不得了。

惠美抓住霞美的手，拽着她往里走。

铺着地板的八铺席房间是小孩的房间，也是全家人的聚集之地。

除了两张书桌，还有很大的圆桌和椅子。

南面和西面都有一个向外凸出的窗户，上面摆放着插有花的花瓶，还有绒布做成的熊和狗。

透过挂着棒球手套和算盘的椅背，惠美的弟弟阿诚朝霞美点了个头。

因为骤雨，房间的角落显得有些幽暗。

双胞胎的园子和阳子煞是稀奇地一直盯着霞美。

母亲从冰箱里取出冰镇西瓜，切成半月形后放在盘子里，叫道：

“阿惠。”

正在这时，一道紫色的闪电照亮了昏暗的房间，随即响起了震撼窗户的雷鸣。

“哇，这可了得。”阿诚大声说道。

“轰隆轰隆，轰隆隆——”双胞胎妹妹说道，同样对响雷毫无惧色。

唯独比这些孩子年长的霞美，每当闪电划过时，都会用手捂住耳朵，陡然闭上眼睛。

“能赶在这雷鸣之前回来，真是太幸运了。都是多亏了霞美的叔叔呢。你叔叔的车，正行驶在这暴雨中吧。要是请他一块儿进来就好啦……”

听惠美的母亲这样一说，霞美也多少有些担心起来：雷会不会落在汽车上呢?

不料惠美的弟弟妹妹们反倒因暴烈的雷声而群情亢奋，还一边用勺子挖着红色的瓜瓤吃。

不一会儿，雷声就渐渐远去了，就仿若在天边推着石磨一般。

而且，以此为契机，好像城市里的各种声音也全面复苏了。

惠美打开了窗户。有炫目的光线照射进来，让惠美桌子上的小芥子木偶显得熠熠闪光。墙壁上还映照出了法式洋娃娃的影子。

貌似此前都一直在停电，这不，突然从收音机里传出了音乐声。

惠美的母亲一副要出门去购物的装束，提着塑料袋，穿过向日葵向外走去。

两个双胞胎小不点沿着积满水坑的道路，飞奔到外面。

“来和姐姐一起玩吧。”霞美快活地招呼道。

小不点们貌似特别好客，争先恐后地跑回来，紧紧搂住霞美。

霞美就像是忘掉了惠美一般，沉浸在与幼小孩子们的嬉戏中。

孑然的霞美

挚——友

惠美家那种充满生机的温暖，一度让霞美的心安宁下来，恍若已忘记了自个儿家的寂寥。可此刻，她又突然想起了自己家的凄清。

在霞美家所在的那一带，唯有约十户人家的那一小片地段，在战火中奇迹般地幸存了下来。

与耸立在废墟上、周围一片敞亮的惠美家相比，霞美家完全是另一番景象：被罗汉柏的灌木丛包围着的昏暗窗户，长满钱苔甚至连杂草都无法生长的阴湿庭院，以及因历经风雨而发黑的墙板……一切都是那么幽暗、破旧、阴森。

霞美对自己的父亲所知甚少，他在霞美出生前便已离开了人世。

懂事之前，一直都是奶奶陪伴在霞美身边。等奶奶也过世以后，对相依为命的母女俩来说，只有三间房的家也显得格外空旷了。奶奶是那么疼爱霞美这个孙女，把她视为掌上明珠。而于母亲而言，霞美也是唯一的宝贝。霞美是在宠爱和娇惯中任性地长大的，是个不好伺候的小公主。

小学时代的霞美常常沉浸在一人分饰两角的游戏中。

“小朋友，这次轮到你了哟。”

“霞美呀，你好狡猾，连续玩了两次哪……我心里清楚着呢。”

“哎呀，都被你发现了。对不起，对不起……”

母亲在隔壁房间踩着缝纫机，还以为霞美房间里来了小伙伴，可打开门一看，是霞美一个人在榻榻米上玩着弹子儿游戏。

母亲看见霞美落寞的样子，心里一阵难受。

霞美不善于结交朋友。一旦好不容易有了朋友，她就片刻也不想离开对方。要是对方不等霞美当值结束就先回去了，她肯定会沮丧不已，甚至第二天都不会跟对方说话，这已成了她的习惯。也许是霞美太过较真了吧，也因此而被人敬而远之，所以她总是孑然一身。

之所以能与惠美成为如此亲密的朋友，貌似是因为两人的外表很像，而性格却又正好相反的缘故。

惠美属于那种大大咧咧的人，即使霞美因一点小事而怒火冲天，惠美也装作不知道的样子。而就在与惠美淡然处之的过程中，霞美也察觉到了自己的不是，渐渐收敛起了任性的一面。

“霞美呀，你最近不怎么生气了耶。”惠美微笑着说道。

之前的这个三月，鹄沼的叔叔就邀请霞美和母亲去鹄沼小住，还力劝霞美转学去当地海岸边的美丽校园，却遭到了霞美的毅然拒绝。

“讨厌。我才不去呢。妈妈，你也别去哟……”

被霞美称为“鹄沼的叔叔”的森田家宽敞而漂亮，不光有钢琴，还有画室。叔叔喜欢油画，所以特意建了一间画室，不过，他不是画家，而是从事贸易的商人。他是所有亲戚中的富翁——霞美老早就听人这么说过。

貌似打霞美小时候起，婶婶就不在了。如今，他和今年考上大学的独生儿子哲男，还有帮佣的阿妈，三个人生活在一起。

“男人只要记挂着家里的事儿，那可就累得……”叔叔经常这样发牢骚。

尽管说不出特别的理由，但霞美打小时候起，就很讨厌这个叔叔。也许就是不明缘由地讨厌罢了，以至于对叔叔说的任何事情，都忍不住想唱反调。

叔叔明明那么善良，而且总是宠着自己，可自己却养成了动辄就怀疑其真实性的坏毛病。但叔叔从不生气，反倒觉得霞美的这种习惯很有趣似的，轻轻地弹一下霞美的脑袋，说：

“真是个爱唱对台戏的倔家伙。”

这不，就说今天吧。叔叔是特意开车从鹄沼来接自己的，可自己却那么绝情地就和他告别了，想到这里，霞美的心也一下子变得有些落寞。

在和双胞胎小不点玩着剪纸、涂画等游戏的过程中，霞美又拾回了纯朴而柔软的童心，仿佛耳畔传来了母亲的口头禅：

“叔叔这样那样地关照我们，可你却……真是个没办法的家伙。”

“要知道，如果母亲被别人抢走了的话，霞美我会死掉的。”霞美喃喃自语着，满脸涨得通红。

去海边的邀约

挚——友

惠美的母亲提着购物袋，从傍晚的街市回来了。

“阿惠，我回去了哟。”

霞美站起身来。

“我想和霞美一起在家里吃饭呢。可霞美只顾着陪小不点们玩，根本就不搭理我。”惠美一副恋恋不舍的表情，“就再待一会儿吧。”

“阿惠的爸爸什么时候回来呀？”

“大概六点到七点的样子。不过，还要出差什么的，所以经常都很晚，有时候我们都不知道他啥时回来的。”

“阿惠，要不一起去鹄沼吧？”霞美邀约道，眼睛里顿时粲然生辉。

“海边……不过，我们俩去的话，有可能遇上今天这样的状况吧，妈妈会担心的，所以我想，她可能不会准许的。”

“才不是只有我们俩呢，我妈妈也会一起去的。今天的那个叔叔，他家就在鹄沼呢，可以住上一周甚至十天的。我讨厌一个人去，但如果是和阿惠一起，那就太好啦。我来跟你妈妈说吧。”

对惠美而言，这也是一个令人心动的邀约。和霞美一起在夏天的海滨待上几天，就像美梦一般值得期待。

阿惠家里人多，所以，就算是难得的漫长暑假，充其量也就是去泡泡海水浴，当天就回家了。去陌生的地方在别人家留宿，这对惠美而言，无疑有着不可思议的魅力。

“我也想去呢。”

霞美兴高采烈地凑近惠美母亲的胸口，叫了声“阿姨”，然后说起了去鹄沼的事儿。

霞美的口吻中，渗透着独生女的任性劲儿和一本正经的认真劲儿。

“是啊，听起来是蛮不错的，不过，还是得问问她爸爸……”

就连阿姨的微笑也让霞美觉得急不可待，她忙不迭地说：

“不过，阿姨是同意的，对吧？是会让她去的，对吧？”

“是的。”

“那就拜托阿姨跟她爸爸说好啦。因为我一个人去，好无聊的。”霞美央求道。

“大体上说，是没问题吧……”一听惠美的母亲这样说，霞美就兴奋地抱住了惠美的肩膀。

“我要赶紧告诉我妈妈。”一提到母亲，霞美突然就想回家了。虽说惠美劝她等父亲回来一起吃晚饭，可她早已坐立不安了。

为了送霞美，惠美也来到了华灯初上的街道。

骤雨过后，惬意而凉爽的街道上到处是散步和购物的人流，显得熙熙攘攘。

“要是告诉鹄沼的叔叔，我和惠美一起去，他肯定又会驾着蓝色轿车来接我们的。对了，去的时候把我们俩都有的蝴蝶结也打上哟。”

听霞美这么一说，惠美心里顿时充满了对鹄沼的憧憬。

刚一走到自个儿家附近，霞美就大叫了一声：

“妈妈！”

她随即跑了起来。

因霞美迟迟未归而忧心忡忡的母亲，已经急不可待地出门来接她了。母亲那颀长的身影正拐过透着夕阳余晖的街角，朝这边走来。

波奇

挚友

惠美的鹄沼之行迟迟未获父母的同意。

于是，接下来的某一天，霞美带着母亲造访了惠美家。

虽然两个母亲是初次见面，但通过双方的孩子，早有一种彼此熟识的感觉，所以交谈起来非常投机。

惠美与霞美在两个母亲身后手拉着手，屏声静气地等着，看什么时候才会把话题转向鹄沼之行。

“听说，霞美已经央求过您了……”霞美的母亲终于开口了，“如果只是孩子的邀约，想必您会担心吧，所以，明知很失礼，我还是……”

然后她说明，即使惠美和霞美一起去鹄沼的森田家，也没什么好客气的。

惠美的母亲先是一阵感谢，然后回应说，只要惠美的爸爸同意就行。

惠美微笑着，拉着霞美的手来到走廊上，兴高采烈地说道：

“肯定没问题的。我爸爸嘛，只要是孩子家的事儿，大都听母亲的。”

谈妥了鹄沼之行，霞美的母亲也如释重负，又重回到孩子的话题上。比如，霞美曾是个肠胃特别弱的婴儿，还有比预产期晚生了好几天，等等。

“哦，这样说来，虽然生日是同一天，但霞美是姐姐呢。”说完后，惠美的母亲又对惠美说道，“惠美，霞美是你的姐姐哟。”

“是吗？哪怕早生一个小时，不也是姐姐吗？”霞美的母亲也笑着说，“说到这孩子出生的那天，天空中可是云霞缭绕呢。”

“既然您说到云霞缭绕，那就应该是早晨，对吧？”

当天夜里，惠美的父亲也同意了。

八月初，一个朝霞满天的早晨，惠美在父亲的护送下来到了东京站。

前往海边的人们排队等候在月台上，不管是二等席还是三等席，湘南电车都人满为患，但惠美她们还是在窗边找到座位坐了下来。

“阿惠，真羡慕你呀。”父亲温柔地说道，然后又对霞美的母亲叮嘱道，“那就拜托您了。这是个野丫头，您就使劲骂她好啦。”

不过，从电车开出品川时起，惠美和霞美就把糖果含在嘴里，俨然进入了只有两个人的世界一样，开始闲聊起来，让人禁不住怀疑，她们俩哪来这么多说不完的话。

比如，说到同学 H 自从在少女杂志的“友人之页”上投稿后，几乎每天都接到陌生朋友的来信，不得不为回信的邮资大伤脑筋。还说到了全班同学的身高和发长，以及高田老师训斥那些爱闹事的男同学时的口吻。

“高田老师不喜欢被人说是在‘训斥’呢，这未免有点神经质吧？”惠美说道。

“不算是神经质吧。他不是还忘了带便当的筷子吗？只不过办事很讲良心罢了。”霞美回应道。

然后，话题又转到了霞美婴儿时期拥有的白色玩具熊、两个人都喜欢的小芥子木偶，还有儿童爵士歌手成绩如何……打开的话匣子再也盖不上了。

霞美的母亲惊讶地感叹道：

“你们俩可真能聊啊！”

“前不久，你们两个妈妈不也一样吗？”霞美回敬道。

就在她们俩侃侃而谈的过程中，挤满乘客的电车已驶过了横滨、大船，到达了藤泽站。

她们要在这个车站换乘小田急线。不料这里比东京站还要嘈杂，感觉人都快被挤成肉饼了。为了不跟霞美走散，惠美紧紧攥住霞美的指头。

在鹄沼下车后，母亲撑开了美丽的白色阳伞。

街道一片静寂，就像一个不真实的谎言。眼前是成排的松树林、宅邸里宽阔的庭院、绿树成荫的小径……她们走近挂着“森田”名牌的白色石门，按响了门铃。

“热坏了吧？就是这里。”母亲回头看着惠美。

从房子里传来了狗的尖叫声。

打开玄关的门，一只小狗就像白色的毛球般跑了出来。

“波奇——波奇——”

帮佣的阿妈叫着小狗的名字来阻止它。只见小狗飞也似的扑向霞美的母亲和霞美，而对惠美却只是凑近嗅来嗅去，吓得惠美一下子抓住了霞美的肩膀。

静谧的家

挚友

“波奇也怪寂寞的，所以对客人满心欢迎。”上了年纪的阿妈说道。

霞美的母亲点点头，一边抚摸着跟在身后的波奇的脑袋，一边说：

“波奇不会是缺乏运动吧？瞧，都长胖了耶。”

惠美一面出神地看着这只体形漂亮的洋狗，一面走进了墙壁明亮的客厅。正在这时，有什么东西发出了尖厉的叫声：

“你——好——！”

原来，在盆栽的橡胶树叶所形成的浓荫里有一根栖木，上面套着一只鹦鹉。只见它紫红色的身体上长着黄色的喙。

“你——好——！伽比。”

听霞美这么一说，鹦鹉兴奋地在栖木上跳来跳去。

惠美这才发现，尽管霞美在电车里和自己无所不谈，可关于这个家，却只字不提，什么也没透露。惠美觉得太不可思议了，不禁在心里直犯嘀咕：

（要是我的话，不管是那只狗，还是这只鹦鹉，早就忍不住告诉她了……可霞美干吗闭口不提呢？）

不一会儿，阿妈就端上来了半月形状的红色西瓜。当惠美她们用勺子挖出黑色的瓜籽时，橡胶树上的鹦鹉又开始聒噪起来：

“我要，我要。”

那天，据说森田叔叔有事外出了，而叔叔的独生儿子哲男则和朋友去了海边。

对霞美来说，哲男，还有撑在海边的沙滩阳伞，都算是“老相识”了。只要一去到海边，就能马上找到他们吧。

从这里步行到海边，大约需要十分钟。从凉鞋底都能感受到炙烤般的酷热。惠美思忖道：从今天起，在鹄沼期间，每天都要沿着这条路去海边吧。

来到美丽的海岸边，一看见辽阔的大海和喧闹的人群，惠美禁不住想，要是双胞胎妹妹和弟弟也一起来就好啦。

霞美一眼就找到了哲男的沙滩阳伞，瞅了瞅那边。

“哇，好久不见了。听说你今天要来，果然是来了。”

这是一种有点奇怪的寒暄语。一个被晒得黝黑的十八九岁的少年欠起躺着的身体，抬头看着霞美。

霞美一介绍惠美，少年就淡然地低下了头。

据说哲男和朋友们像鱼一样，轻松地就能游出三千米左右。惠美和霞美根本不是他们的对手。她们在水深齐后背的浅滩游了游，然后又回到沙滩上休憩。

霞美她们觉得大海很稀罕，所以在哲男他们回去后，还意犹未尽地继续留在了海滩上。直到累得筋疲力尽，她们俩才合力取下沙滩阳伞，寄存在海岸边的茶棚里，披着被潮水打湿的头发回去了。就连惠美也已经瘫软无力，话也不想说了。

不过，对惠美来说，这家里的西式浴缸还是第一次见识，所以好奇得不得了。

“霞美，你叔叔是个了不得的大富翁吧。”惠美天真地说道，“你什么都不跟我说，让我惊喜连连。”

“其实，我并不怎么喜欢叔叔呢。因为他今天不在，所以还好吧。如果不是跟阿惠一起，今年夏天我是不打算来这里的。”霞美边洗淋浴，边说道。

热水从头往下流泻在霞美的脊背上。才刚刚一天，她那被太阳炙烤过的后背就已留下了穿过泳衣后的印记。

洗完澡，晚餐已经准备好了。在饭厅就座的却只有霞美、霞美的母亲和惠美三个人，也不知哲男去了哪里，周围安静得就像家里没人似的。

晚餐后，霞美和惠美带着波奇去散步，再次来到了车站附近的街道上。直到她们回家后，这家的主人都没有回来。

哲男貌似外出去了哪里。这时，惠美也感受到了这个家的凄清。

惠美和霞美一起上了楼，因为安排给她们的卧室是在二楼。

窗户的月亮

挚——友

楼梯尽头是一间宽大的西式房间，里面摆放着钢琴，还有很大的沙发和圆桌，显得宽敞有余。

从凉台望出去，能看见像是穿行在松树林中的电车的灯光、浩渺而幽暗的大海，还有江之岛上那些旅馆的灯盏。

“好像空气都是甜甜的。”惠美深深地呼吸着空气，把手搭在钢琴上，心里涌起一种好想弹弹看的搞怪冲动。

“哎呀，是上了锁的。”

在平常很少用的日式房间里，有一个漂亮的三面化妆镜，上面排列着空空如也的香水瓶和化妆品。貌似这一切都很久没人碰过了，整个房间显得一片死寂。

床上方挂着一幅美丽女人正在洗头的画像，这也让人有些莫名地发怵。

这个日式房间是供霞美的母亲暂住的吧，床上挂着一顶透着凉意的蚊帐。

在西式房间的里侧并排摆放着两张大床，这是惠美和霞美睡觉的地方。尽管床单和枕套全都是新的，但房间里貌似也积滞着陈年的尘埃。

一顶蕾丝蚊帐像白色的渔网般从天花板上向下摊开，似乎还散发着昔日的气息。

两个人在床上聊了好一阵子。不久，霞美的回应变得断断续续，随即便响起了小小的鼾声。

但惠美却怎么也难以成眠。这家里的一切都让她倍感新奇，觉得不可思议。

这个家尽管庄重而漂亮，却既不无谓地奢华，也不徒显威严。虽说养着小狗和鹦鹉，却又弥漫着一种莫名的凄凉。

透过高处窗户的纱窗，夜里的清爽空气流泻而入。

是的，还能看见柠檬色的月亮。

为了赶快入睡，惠美闭上了眼睛。不等她睡着，就传来了汽车开进大门的声音。波奇煞是兴奋地开始了吠叫。

“就是那辆蓝色的汽车吧？”

惠美侧耳倾听着外面的动静，这下更是睡意全无了。

这时，好像有人沿着楼梯上来了。

惠美赶紧盖上毛巾被，佯装睡着了的样子。

安静的脚步声似乎停在了房门外。惠美感到一阵不安，恨不得喊出声来。

“好像两个人都睡着了呢。”说着，霞美的母亲率先走了进来。

惠美一动不动地屏住了呼吸。

白色的蕾丝蚊帐轻轻地晃动了一下。

“长得可真像啊。这样看过去，都弄不清谁是霞美呢。”这是森田叔叔的声音吧。

“是吗？我倒不觉得有那么像……”

“不，像着呢。”

“只是感觉上有点相似而已吧。”霞美的母亲说道。

“是吗？”这是叔叔的声音。

能感觉到有一只温暖的手掌正靠近自己的脸庞。惠美的心怦怦直跳。

“不对，霞美在那边呢。”

听霞美的母亲这么一说，那只手一下子挪开了。

“哦，原来弄错了呀。”

为了不吵醒两个女孩，他们说话时压低了嗓门。但惠美却听得一清二楚，强忍着不要笑出声来。

“到底还是很像呢，这不，差点就认错人了。”

“不至于相像到要认错的地步吧。”

“是吗？我呀，这阵子好像眼睛越来越不好使了。正琢磨着，是不是不要再自个儿驾驶，而去雇个司机吧……居然两个女孩都分不清……” 他有些凄凉地说道，“要是霞美能和我成为好朋友，那就肯定不会弄错了吧。是呀，要成为好朋友呢……”

随即他发出了温柔的笑声，跟在霞美的母亲身后走出了房间。

惠美“咚咚咚”的心跳久久难以平息。

楼下，还回响着波奇来回走动的脚步声。

红色的凉鞋

挚友

在海边玩了一整天，惠美她们早已累了，在并排的两张床上，进入了甜蜜的梦乡。

第二天早晨，鱼贩子就来到了波奇吠叫着的里院里。鱼篓里的鱼是那么鲜活，在阳光下银光闪烁。惠美真想让东京的弟弟妹妹们也看到这一幕。

森田叔叔今天要出发前往东京，不是自己开车，而是搭电车去。

“是因为眼睛不好使吗？”惠美问霞美道。霞美没有回答。

惠美与霞美的母亲一道，把森田叔叔送到了玄关。

霞美的母亲脱下了烹饪时穿的白色罩衫，站在哲男的身后。哲男身着短袖衬衫，嘴里嚼着口香糖。唯独霞美没有出来。

二楼断断续续地传来了钢琴声。霞美一用完早餐，就去了二楼。

叔叔沿着花丛向外走去，因脚下被波奇缠住了，所以走得有些踉跄。他突然停下来，回头看着站在门廊下的人，说道：

“我去医院诊断眼睛。今天，会早点回来的。”

叔叔的肩膀渐渐模糊了，最后隐没在门的尽头。只见草坪上弥漫着静谧而明媚，却预示着炎热的光线。

“妈妈，妈妈，你今天会和我们一起去海边吧？”霞美一溜烟似的从二楼跑了下来，说道。

惠美顿时吃了一惊。至于为什么会吃了一惊，她自己也懵然不知。从昨天夜里起，因霞美的情绪莫名低落，大伙儿都噤口不语了——而那种氛围也传染给了惠美。

既然是被霞美邀约来的，若是霞美情绪低落，那不是好无聊吗？

（爱丽丝，爱丽丝，快告诉我，那条通往神奇国度的小径……）

哲男一边快活地唱着歌，一边从客厅穿行而过。

“就算去了海边，我也不会游泳的。再说还热得慌，不如留在家里好。”母亲温柔而平静地说道。

霞美就像是在闹别扭似的说道：

“好不容易到海边来了，也不看海，就只顾着干活干活。好无聊啊。”

“妈妈我最怕热了。大海嘛，从二楼也能看到的。傍晚，我们一起去散散步吧。好吗？”

说着，就像有什么没有干完的活儿一般，朝厨房走去了。霞美拽下一片很大的橡胶树叶，也不跟惠美说话。

惠美把手搭在神情落寞的霞美肩上，忍不住问道：

“怎么啦？”

“没什么呢。”

“看你好无聊，我也不禁悲伤起来。”

霞美一脸犯难的表情，却缄口不语。

不知什么时候，哲男已换好泳裤，披了一条大浴巾，站在前院的阳光中。

“惠美，你们不去海边吗？”

哲男昨天才和惠美认识，却没有叫霞美，而是叫了惠美，或许是对不高兴的霞美采取了敬而远之的策略吧。

“阿惠，你去吧。”霞美说道。

“我才不一个人去呢……我呀，回东京去算了。”

“阿惠要回去，我也回去。”

怎么回事呢？只见霞美的眼睛是湿润的。

“哪里不舒服吗？”惠美忧心忡忡地看着霞美的脸。这时，母亲拿着两个小篮子出来了。

“这是三明治，这是甜甜圈。瞧，还热着呢。”

“哇，太棒了。”惠美的声音听起来很兴奋。

但霞美却依旧沉默着。对霞美为何如此抑郁，惠美找不到答案。显然，这家人是很看重霞美的。

母亲拿来银色的保温瓶，说：

“这个凉麦茶，就惠美拿着吧。喂，快出去玩吧。不过，别回来太晚了，要不我会担心的。别做危险的事儿哟。哲男是哥哥，要肩负起责任来哟。”

或许是母亲的这一番暖心举动打消了霞美的逆反心吧，她提着沙滩阳伞，穿着凉鞋，来到了沙滩上。

这双凉鞋和惠美的是同款，是叔叔昨天带回来的礼物。

墨镜

挚友

等哲男他们几个出门后，在安静得透着倦慵的屋子里，母亲开始忙活一大堆事务。

在霞美她们眼里，不啻是一些无聊之事，但于大人的生活而言，却是重要的工作。

面对霞美的母亲，年迈的阿妈把各种琐事和盘托出，以倾听对方的意见，或是寻求帮助。

在这酷暑难当的晌午，居然说要马上着手做入冬的准备，这着实让人大吃一惊,但也算是对女人一年四季所有工作的全盘考量吧。

“少爷还会长个儿的吧。去年一年就长高了四寸，害得这个春天新买的内衣都穿不下了。”

“当然还会长个儿的。就把这法兰绒睡衣也再改改吧。”

“这两三年呀，我着实老了，也干不了太多的活儿了。晚上更是没出息，活儿没干完就睡着了。瞧，家里没个女主人，这老爷和少爷也都怪可怜的。”

“这件长袍嘛，就把袖口磨破的地方再缝缀起来，拿给哲男穿吧。这个冬天，就让孩子他爸穿宽袖棉袍，怎么样？”

“好的。”

这样聊着聊着，一床棉被就在阿妈和霞美的母亲手中做好了。

“我真的觉得，少爷的成长期是需要一个母亲呢。前不久，少爷去朋友家打麻将，深夜不归，让老爷担心得不得了，到天亮都没休息。所以，老爷把少爷狠狠地痛骂了一顿。那种时候，要是有个母亲，能恰到好处地护着少爷一下，帮老爷分担点责任该有多好。说来，少爷也真够可怜的。”

“是啊。不过，哲男可是又诚实又开朗哪。小孩子嘛，一旦长大了，没准倒是男孩还靠谱一些……瞧我家霞美，还像个长不大的婴儿呢。真不知道她在想什么。”

“哪里的话。”阿妈摇着头说道，“小姐真的是出落得好漂亮。对女人来说，还是女孩好吧。”

秋草花纹的蓝色亚麻被也完工了。

“今天，别提少爷有多高兴了……又是甜甜圈，又是三明治。就算食材摆在我面前，我也做不了。顶多就是做个紫菜卷寿司吧。”

太阳已经西沉了。

“阿妈，你听，是不是有人回来了？”

霞美的母亲侧耳倾听着波奇的吠叫和鹦鹉的啭鸣。是的，门铃正发出“叽——”的响声。

“哇，这么早啊。”

阿妈急忙出去了。母亲一边用指尖收拾起线头子和棉花渣，一边把细长而温柔的眼睛投向了庭院里盛开的大丽花上。

是森田叔叔回来了。他脸色苍白，戴着黑色遮光墨镜。阿妈忧心忡忡地问道：

“眼睛怎么啦？”

“啊，稍微有点……”

也许是对主人的墨镜很好奇吧，波奇歪着头，不解地看着主人，然后做了个举起前腿、用后腿站立的动作。

鹦鹉叫着“你回来啦”，从栖木的一头跳到另一头。

突然，叔叔就像早晨霞美也做过的那样，一边拽下橡胶树叶在手里鼓捣着，一边露出了煞是落寞的表情。

母亲的手

挚——友

原来，叔叔的眼睛患上了很麻烦的疾病。医生告诉他，如果不做手术，就会失明的。不过，关于这件事，他却对孩子们守口如瓶。

吃过晚饭，叔叔提议道：

“去海岸大道散散步吧。”

听叔叔这么一说，惠美很天真地一阵兴奋。惠美很喜欢叔叔身上的那种清洁感，在身为孩子的她看来，叔叔是有钱人这一点，也很了不起。所以她不知道，霞美其实是故意在闹别扭。她甚至禁不住想：

（假如霞美是这家里的孩子，那就好啦……）

惠美对霞美家的情况所知甚少。

在霞美出生之前，她的父亲就已经去世了。战争期间，霞美是和母亲相依为命地挺过来的，所以也并不觉得有什么凄凉的。她是个爱撒娇的孩子，即便长大以后，到了夜里，也会对母亲嘟哝道：

“把手给我！”

不握着母亲的手，她就睡不着。

小时候，或许是有点神经质吧，她特别讨厌别人触摸妈妈和自己的东西。只要霞美想要的，母亲都会满足她，所以，霞美是在从未感到拮据和忧伤的环境中长大的。说来，霞美或许是很任性吧，就算是同样大的孩子，只要不如她意，她也坚决不跟她们玩。

对霞美而言，母亲就是她全部的世界。只要在母亲身边，与空想中的伙伴一起玩耍，她就绝不会寂寞。

只要霞美一生病，母亲就会六神无主，手忙脚乱到不无夸张的地步。霞美特别喜欢这样的母亲，巴不得就这样一直病下去。是的，她脑子里尽是这种奇葩的念头。

“霞美，你可死不得哟。要是你有个三长两短，妈妈也会死的。要是霞美不在了，妈妈会疯掉的。”母亲常常这样说。

母亲这种坚定的说法中所渗透的爱意，让霞美的爱变得更加极端，以至于她认定，就像自己是为母亲活着那样，母亲也是为自己而活着的。

就是这样的霞美，到小学毕业时，也有了自己的朋友，变成了一个因沉浸在跳房子和跳绳等游戏中而忘记时间的、天真而恬静的少女。

而今年，她又邂逅了惠美这样的好伙伴。她明白了，比起拉着母亲的手睡觉，倒是与惠美边聊天边睡觉更快乐。但在她自己也懵然不知之间，一种灰暗的不安感开始萌发在心田。而这不安就源于森田叔叔。

森田叔叔是过世的父亲的亲戚，所以，霞美也曾见过一两次美丽的森田婶婶。但奇怪的是，那个婶婶又没有过世，但不知为什么，好久以来，叔叔却只和哲男生活在一起。

从小学五年级的那个夏天起，霞美就在叔叔的宅邸里度夏了。回想起来，那个最初的夏天似乎是最快乐的时光。去年夏天，叔叔因公司出差去了国外，所以，霞美她们就有点成了看家人的感觉。但哲男与其说是喜欢跟霞美玩，不如说更喜欢嘴上挂着“阿姨阿姨”的，动辄缠着霞美的母亲，而这便是霞美不安的源头。

哲男的小船被冲走了，从海上回来后，他就像半个病人般无精打采。那天夜里，霞美的母亲就像看护霞美一样，一直看护着哲男。

母亲用自己的毛巾给因发烧而大汗淋漓的哲男揩拭着额头，看见哲男的浴衣洗了没干，就用自己的浴衣来包裹住哲男的身体。看见这一切，霞美实在是难以平静。

（明明是属于我一个人的妈妈……）

她突然感到，妈妈是不是会被夺走……

不管是哲男，还是霞美，都还没有到能深刻理解自己生活的年龄。不过，哲男因为母爱的缺失，再加上父亲经常出差，所以寂寞得不得了。而霞美也没有注意到，母亲为了母女俩的生活付出了旁人难以想象的辛劳，而只是以为，她们过的是就像宁静的山中湖水一般平静的生活。

（有个母亲该多好……）

这就是哲男所有的愿望。

哲男只是希望有个母亲般的人来代替母亲，所以渴慕着霞美的母亲。

霞美出于少女的敏感，萌发出母亲要被人夺走的不安和恐惧，这也并非只是一种乖戾。

霞美打定主意，对森田叔叔和哲男的话，坚决一律反对。

森田叔叔用既宠溺又包容的眼神来爱着霞美，这反而引发了霞美的反感。

撒娇也罢，捣蛋也罢，都逃不出叔叔的巨大掌心——这种焦虑把霞美变成了一个心理扭曲的人。

因为今年是和惠美结伴而来的，满以为可以不计较那些，而度过一个快乐的夏天。但不承想，一来这边，自己的情绪就仿佛掉到了冰窟里。

（妈妈难道不是客人吗？）

看见母亲在森田家忙活，霞美感到了一种不满和落寞。

“叔叔的墨镜，真够讨厌的。”霞美对母亲说道。

霞美并不知道叔叔突然戴墨镜的原因。

吃饭时，叔叔手里的叉子没能叉住龙虾壳。结果，龙虾从盘子里掉到了桌布上。

母亲一脸认真的表情，给叔叔剥去了龙虾壳。

一阵悲哀攫住了霞美。这不，餐桌在她眼里也变得模糊了。

不过，在就餐过程中大家达成了一致意见，决定一起出去散步。

说是先搭乘江之岛电车去江之岛的州崎大道，回来时再沿着海岸的步道溜达溜达。

走到外面时，正是路边草原上月见草开花的时辰。

“看到月见草开花，就仿佛可爱的生物突然睁开了眼睛似的。”

听霞美的母亲这样一说，叔叔摘下了墨镜，说道：

“眼镜这东西，真是讨厌。”

“爸爸，你会一直戴着眼镜吗？”

对哲男的问话，叔叔没有回答。空气中经久回响着脚踩在沙子上的声音。

霞美与惠美并肩走在前头，而走在身后的哲男则恰好夹在两个大人的中间，这让霞美感到一阵焦虑。

“喂，暑假作业，就画月见草吧。”惠美开朗地说道。

“因为月见草是傍晚开花，所以就只能到了晚上再画。但夜晚和黄色可不搭调哟。”

“霞美，好奇怪呀。”

“你说什么？”

“你和在学校的时候判若两人呢。”

“是吗？……我自己也觉得。”

两个人先上了踏板很高的电车。

在州崎大道的两旁，排列着出售贝雕工艺品的礼品店、海螺和海虾的料理店，还有玩射击和投球的游戏摊。那些散步的人看起来都是那么快活和兴奋。

因为霞美她们要喝冰镇饮料，所以，大家就在一家明亮的咖啡馆里坐了下来。

“霞美，你们要的是蜜豆什锦凉粉吧？”叔叔问道。

霞美板着面孔，说道：

“才不喜欢蜜豆什锦呢。我要冰淇淋。”

叔叔叫了五人份的冰淇淋，煞是快乐地说道：

“我琢磨着，霞美会要冰淇淋吧，所以就故意说了蜜豆凉粉哪。”

哲男和惠美都忍俊不禁。

听到众人的笑声，霞美粗鲁地站起身来，从桌子中间穿行而过，兀自去了外面。

大家都被她这歇斯底里的举动吓了一跳，一片茫然。惠美和哲男先后站起来，跑出去追霞美了。

昏暗的道路

挚——友

到处都不见霞美的身影，她就像是躲藏进了散步人群的衣袖或脚间似的。

前面是一家贝壳工艺品店。只听见彩色玻璃珠、人工珍珠项链，还有十字架的垂饰等，吊在圆环上轻轻摇曳着，发出簌簌的声响。哲男在这家店铺前停住脚步，回头看着惠美，微笑着说道：

“就像捉迷藏似的藏起来了。跑得真快呀。没准坐江之电回去了也说不定。两个人沿着同一个方向找，也没什么意义吧。”

惠美哪里笑得出来，只是担心得不得了。

就像不懂事的孩子一样，怒气冲天地拂袖而去——霞美居然做出这种举动，让惠美着实大吃了一惊。

“我回家去看看。”惠美对哲男说。

“是啊，霞美究竟在生哪门子气呢？我可是摸不着头脑。”

哲男一边嘴上这样说着，一边在心里想，既然惠美是霞美的朋友，肯定会安慰霞美的吧。

来到刚才的咖啡馆前面，惠美与哲男分手后，独自坐上了江之岛电车。

古色古香的车厢里，乘客寥落。电车行驶在昏暗的原野和河流上，惠美有些忐忑不安。

惠美在鹄沼下了车。一片阒寂的公馆街上，粗大的松树枝在道路上投落下蟒蛇般弯弯曲曲的影子。惠美凝听着松枝在风中发出的响声，觉得霞美仿佛已被吞没在了黑暗中。她恨不得赶快看到霞美的脸。

她小跑着来到了森田家前面。一看见二楼房间里点着的灯盏，惠美悬着的心终于落了地。

霞美坐在窗边凉爽的桌子旁，从这里可以看见江之岛的灯光。

桌子上那个白色的粗颈花瓶里，月见草的黄色花儿不失亮丽地绽放着。

霞美正用 4B 铅笔在画纸上画着。是的，她刚画好一朵花儿的轮廓。

“霞美！”

一看见从门口窥探着自己的惠美，霞美就蓦然闭上了眼睛。

一滴眼泪从她紧闭的睫毛间滑出。小小的嘴唇抿得很紧。

霞美的表情就像是在静静忍受着各种思绪的冲撞。而恰恰是这张脸重重地叩击着惠美的胸口。

不等惠美开口说话，霞美便眨巴着睁开了眼睛。

“阿惠，对不起。”

说着，她把脸颊紧贴在惠美的胸前。

“怎么啦？我一路上好担心，好害怕。还好，你竟然一个人顺利地回到了这个人生地不熟的地方。对了，那冰淇淋也好可惜呀……”

说完，她爽朗地笑了。

“我自己也不知道该怎么办。说实话，我好讨厌，好讨厌那个叔叔，实在受不了了。”

“如果你真的那么讨厌他，那我们明天就回去吧。反正我也在海里游过泳了，除了你心情糟糕之外，我过得很快乐。这里的鹦鹉也很特别，好新奇，真好。我甚至想偷偷把波奇和鹦鹉带回去，拿给家里的小不点们瞧瞧。”

霞美没法像惠美那样坦诚地说出自己的心情。倘若能够做到的话，或许她会这样说吧：

（战争期间，我们遭遇了多少危险啊。可是，只要和母亲在一起，我就一丁点儿也不觉得害怕。甚至看到散落下来的照明弹，我也觉得好漂亮呢。可最近，就算说是老鼠在窜动，也让我好生害怕。睡在这房间里，有时候会觉得，天花板上的吊灯也要掉下来落在胸口上似的，给吓出一身冷汗。这种战战兢兢、直打寒战的心情，我觉得全都是源于叔叔。）

但是，连霞美自己都梳理不清的心情，又怎么可能让惠美明白和理解呢？也许只会遭到她的厌弃吧。

“对不起。特意邀请你一起来了，结果却……我再也不闹别扭了。明天我们去江之岛植物园吧。”

霞美再次道过歉之后，将脸庞抽离了惠美的胸膛。

两个人就像双胞胎一样并排坐着，开始勾画起月见草来。

替身

挚友

因为霞美突然不见了，所以，母亲他们貌似也早早地回来了。只听见楼下传来一阵喧闹声，不一会儿，母亲就上楼来，进了她们俩的房间。

“霞美，你这是怎么啦？对惠美也很失礼呢。”

听见母亲这样说，霞美害羞地伸出了小小的舌头。

“真是个坏孩子。”

母亲瞪大眼睛瞅着霞美，但那眼睛一点也不可怕。

霞美撒着娇，趁势对母亲说道：

“把橘子放下，赶快走吧……我们正在画画呢。”

那天夜里，就连这海边的宽大宅邸里也闷热无比。或许街上的人们也夜不成寐吧，一直到很晚，四处仍点满了灯盏。

霞美和惠美都聚精会神地在画着月见草的素描，但因为惠美没有带颜料来，所以，光靠霞美的画笔和颜料就有点捉襟见肘了。

“我去找哲男或者叔叔借点水彩画的颜料来。”

说着，霞美站起身来，但突然又害羞起来。

“阿惠，还是你去借吧……我呀，觉得刚才的事情还是有点惭愧。讨厌，一旦遭到嘲笑，没准又会发怒吧。喂，那就拜托你去吧。”

说着，她推了推惠美的肩膀。

“哎呀，还是你去的好。如果是我去的话，就好像霞美还对刚才的事情耿耿于怀似的，好奇怪。”

“我才不好意思去呢，还是请阿惠去吧。因为没有白色，所以月见草花的颜色和背景都没法着色。画笔也需要一一清洗。真是进展不顺呀。”

对于霞美这种独生子的任性，惠美只能败下阵来，她站起身来。

惠美穿过楼下的前厅，打开一扇小门，尽头处是可以看见里院的走廊。走廊的右面就是哲男的房间，而左侧是叔叔的书库、画室、卧室。

哲男是出门去了哪儿，还是已经睡着了？只见右面的房间一片漆黑，鸦雀无声。

突然，前面依稀可以看见叔叔的背影。他正就着走廊上明亮的灯光，坐在尽头处的藤椅上，注视着夜晚的景色。

阿惠为该不该招呼叔叔而颇为踌躇，打算就那样悄悄返回。

这时，叔叔转过头来，问道：

“哦，你有什么事儿吗？”

那声音明亮得让惠美不胜惊讶。但惠美还是不禁有些拘谨，说道：

“那个，我想借一下画水彩画的白色颜料和画笔……”

“颜料和画笔吗？遵命。”

他有点逗乐地说道，随即挪开椅子，站起身来。当他走进房间时，他用手摸了摸惠美的头。

他打开大桌子的好几个抽屉，取出一盒水彩颜料，问了声：

“中号笔，行吗？”

看见惠美点点头，他又取出了两三支新画笔。

叔叔就像是用手指尖一一掂量着颜料和画笔似的，让惠美感到一阵焦虑。

“画什么呢？”

“月见草。”

“是吗？你朋友也在画？”

惠美吃了一惊。

叔叔因为视力不好，似乎又把惠美认成了霞美。误以为来的人是霞美，所以才用了那种很亲近的口吻吧。惠美犹豫着，不知道该怎么办才好。

“霞美，我们和好吧。叔叔明天就去医院做眼睛手术了，恐怕好一阵子都回不来吧。尽管哲男也不再是孩子了，但还是觉得缺乏依靠吧。整个假期，你就和你朋友一起住下来吧。我也会拜托霞美的妈妈，让她也安心地待在这里。只是，在海里游泳时，一定要小心。波浪可是变幻无常的。”

“哎……我是……”

惠美刚想开口继续说下去，可叔叔已走过来，把手放在惠美头上，一副怜爱的表情，抚摸着惠美的头发。

“没什么，没什么。叔叔也有心烦意乱的时候。霞美一闹别扭，叔叔反倒更觉得可爱了。”

“哎——”惠美结巴着，往后退了一步。

叔叔摘下黑色的眼镜，目不转睛地看着惠美，脸上微笑着。

（还真是眼睛看不见呢。）惠美明白了这一切，觉得叔叔好可怜，但同时又觉得，那眼睛怪瘆人的。

“晚安。”

“晚安。”

惠美后退了两三步，来到了走廊上。她长出了口气，像兔子般穿过前厅，沿着楼梯跑了上去。

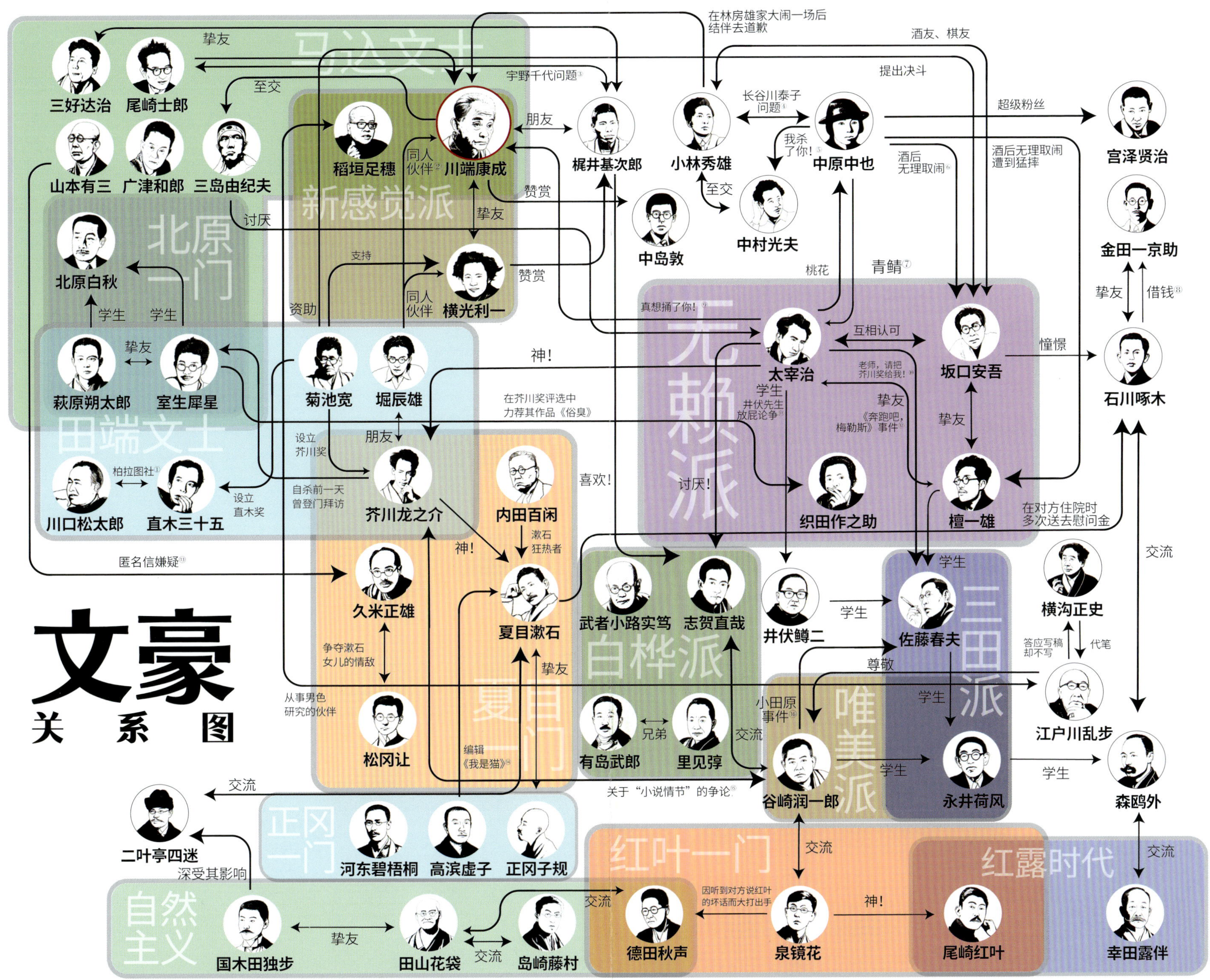

文豪
关系图
马达文士
三好达治
尾崎士郎
山本有三
广津和郎
三岛由纪夫
新感觉派
稻垣足穗
川端康成
横光利一
北原一门
北原白秋
田端文士
萩原朔太郎
室生犀星
菊池宽
堀辰雄
川口松太郎
直木三十五
芥川龙之介
夏目一门
内田百闲
久米正雄
夏目漱石
松冈让
正冈一门
河东碧梧桐
高滨虚子
正冈子规
二叶亭四迷
自然主义
国木田独步
田山花袋
岛崎藤村
白桦派
武者小路实笃
志贺直哉
有岛武郎
里见弴
梶井基次郎
小林秀雄
中原中也
中岛敦
中村光夫
宫泽贤治
金田一京助
石川啄木
无赖派
太宰治
坂口安吾
织田作之助
檀一雄
井伏鳟二
三田派
佐藤春夫
永井荷风
横沟正史
江户川乱步
唯美派
谷崎润一郎
森鸥外
红叶一门
德田秋声
泉镜花
红露时代
尾崎红叶
幸田露伴
挚友
至交
宇野千代问题③
朋友
同人伙伴②
赞赏
讨厌
支持
资助
同人伙伴
学生
挚友
神！
在芥川奖评选中力荐其作品《俗臭》
设立芥川奖
设立直木奖
柏拉图社①
自杀前一天曾登门拜访
匿名信嫌疑⑬
争夺漱石女儿的情敌
从事男色研究的伙伴
漱石狂热者
编辑《我是猫》⑭
交流
深受其影响
在林房雄家大闹一场后结伴去道歉
酒友、棋友
提出决斗
长谷川泰子问题④
我杀了你！⑤
酒后无理取闹⑥
酒后无理取闹遭到猛摔
超级粉丝
桃花
青鲭⑦
真想捅了你！⑨
互相认可
老师，请把芥川奖给我！⑩
井伏先生放屁论争⑪
《奔跑吧，梅勒斯》事件⑫
憧憬
借钱⑧
喜欢！
讨厌！
在对方住院时多次送去慰问金
尊敬
答应写稿却不写
代笔
小田原事件⑯
兄弟
关于“小说情节”的争论⑮
因听到对方说红叶的坏话而大打出手

文豪

搞 怪 趣 事

①创办于 1922 年的出版社。后于 1928 年停业。直木三十五的处女作就是由该出版社出版。川口松太郎和直木三十五为该社旗下《苦乐》杂志的创刊立下了汗马功劳。

②指创办同人杂志的伙伴。川端康成、横光利一、堀辰雄曾共同创办《文学》杂志。

③1922 年起，各有家室的尾崎士郎与宇野千代开始同居，一年后来到东京大田区，落户在南马込 4 丁目，吸引了大批作家朋友和编辑朋友前来造访，以至于在马込附近形成了一个文学共同体——马込文士村。1927 年，在川端康成的邀约下，两人来到了川端康成创作《伊豆的舞女》的汤岛。在这里他们与患有结核病的梶井基次郎邂逅相识。梶井基次郎与宇野千代相互赏识，交往频繁，引起了尾崎士郎的嫉妒，导致他与宇野千代的关系出现龃龉。1928 年，梶井基次郎前往东京马込，尾崎士郎在衣卷省三家举办的舞会上对梶井基次郎大发雷霆，被称之为“马込的决斗”。

④中原中也与长谷川泰子、小林秀雄三人之间的爱恨纠葛，是昭和文坛颇为有名的三角恋爱。中原中也初中三年级时转学去京都，在京都认识了后来对他影响很大的诗人富永太郎和大他三岁的见习女演员长谷川泰子。他和泰子开始同居生活时，才 17 岁。1925 年中学尚未毕业的中也和泰子一同去了东京，结识了日后成为日本文学评论泰斗的小林秀雄，但不久泰子就离开中也搬去与小林同居，这成为日后为人津津乐道的在昭和文坛颇为有名的三角恋爱。但他们三人之间一直保持着微妙而深厚的关系，1934 年，在小林的帮助下，中也的第一部诗集《山羊之歌》终于得以出版，小林在书评中称赞中也“带着一颗高贵的诗心”，且中也生平最后的诗作也是托付给小林的。

⑤在《白痴群》的同人会上，喝得烂醉的中原中也与比自己年轻的中村光夫发生了争论，最后竟对着中村光夫大喝一声“我杀了你！”，用啤酒瓶殴打中村光夫的脑袋。

⑥中原中也的酒品很差，却又非常爱喝酒，常常一喝酒就喜欢挑衅别人，出言不逊。他与坂口安吾能够成为朋友，其实也缘于他某次喝酒后挑衅坂口，与其大吵一架，不打不相识，吵过之后就好上了。但后来又因喝酒吵架，导致关系恶化。

⑦“桃花”和“青鲭”，在文人粉丝圈里，是颇为流行的两个梗。中原中也与太宰治、檀一雄、木山捷平、津村信夫等人共同创办文艺杂志《青花》，但杂志只出版了一期就被迫停刊了。那时，几人常常聚在一起喝酒吃饭。某次，中原中也到檀一雄家喝酒，酒过三巡，又喝了两轮，就开始发起酒疯来了。忽然，他无端端地问太宰治：“呦，瞧你一副浮在空中的青鲭一样的嘴脸。”然后又问道：“所有花中你最喜欢什么花？”太宰治哭丧着脸，无可奈何地道：“桃花。”

⑧啄木打小被视作“神童”，还在小学里结识了一辈子的友人金田一京助。后来他怀揣文学之梦来到东京，但一直为金钱所困，债台高筑，一生的债主超过 60 人。而金田一京助总是将自己的东西典当变卖来支撑其文学事业。

⑨太宰治入围了第一届芥川奖，但最终与奖项失之交臂。太宰治认为，都是评委川端康成对自己的一番“酷评”所致：“据一己的私见，作者（指太宰治——译者注）目下的生活，罩着一重讨厌的阴云，有种才能无法正常发挥之憾。”于是，太宰治写下《致川端康成》一文，发表在《文艺通信》杂志 1935 年 10 月号上：“我愤怒地燃烧着，几夜难成眠。养小鸟、观舞踏，难道是如此牛逼的生活吗？真想捅了你。你这个大坏蛋。”

⑩太宰治曾拜芥川奖评委佐藤春夫为师，为争取芥川奖在给佐藤春夫的信中写道：“我伏地恳求您，请把第二届芥川奖给我！”虽然佐藤春夫很欣赏太宰治，但第二届芥川奖评选活动被迫中止。这次太宰治又遭受了巨大的打击，并因使用过量麻药而中毒。

⑪太宰治曾拜井伏鳟二为师，两人过从甚密。井伏鳟二也是太宰治与美智子夫人的证婚人。太宰治在其名篇《富岳百景》中写道，当他们俩来到山顶观景台悬崖边上时，“井伏先生在浓雾的笼罩中坐在岩石上慢慢吸着香烟，并放了一个屁，显得无聊至极”。对此，井伏鳟二在《太宰治的事儿》一文中写道：“我和太宰君一起爬上了三之岭，但却不记得放过屁。因此，当太宰君来我家时，我向他抗议，他扑哧一笑，说道：‘不，您放了屁的。’‘当时，您还放了两个屁呢。’他故意使用敬语，试图以此来制造一种真实感。”

⑫据檀一雄的《〈奔跑吧，梅勒斯〉与热海事件》记载，在 1936 年年末，太宰治正在热海某旅店写作。檀一雄受太宰治当时的妻子小山初代所托，带着太宰治老家寄来的钱去太宰治所在的热海。不料太宰治收到钱后，竟拉着檀一雄到附近的高级餐馆吃喝玩乐，三天就把钱挥霍一空。太宰治说要去找菊池宽借钱就溜回了东京，留下檀一雄充当人质，可等了十多天也没见到他的人影。老板只好拽着檀一雄去找太宰治，却在井伏鳟二家中看到他正与井伏鳟二下棋。太宰治辩称，正苦于找不到借钱的理由而发愁呢，结果被檀一雄大骂一顿。于是太宰治哭丧着脸，说道：“是等的人难过，还是让人等的人更难过？”檀一雄认为，《奔跑吧，梅勒斯》这篇小说的灵感应该来自这件事。由于有这样的亲身经历，所以太宰治才能在该小说中颂扬主人公梅勒斯信守诺言的行为，展示了正义、友情和信念的巨大力量。

⑬山本有三与夏目漱石门下的久米正雄关系恶劣，在久米与松冈让争夺漱石长女笔子的爱时，山本借笔子学友之名，给夏目家寄了一封匿名信，诽谤久米是一个色鬼、性无能者、性病患者。匿名信明显是女性的笔迹，久米、松冈和笔子都认为，很大的可能性是山本有三起草后交由其夫人誊写的。

⑭夏目漱石的《我是猫》是在高滨虚子的劝说下写成的，发表在虚子担任主编的俳句杂志《杜鹃》上。后据史料证实，《我是猫》这一小说名也是由虚子敲定的，夏目漱石原来取名为《猫传》。

⑮发生在芥川与谷崎之间围绕着小说情节的艺术性所展开的论争。

⑯指佐藤春夫与谷崎润一郎之间发生的“让妻事件”。1930 年，谷崎润一郎的妻子千代子在谷崎的首肯下，转嫁佐藤春夫，这就是日本现代文学史上著名的“让妻事件”。

冰冷的心

挚——友

霞美急不可待地问道：

“怎么啦？单是去借个颜料，也折腾了很久呢。”

“我被叔叔误认成霞美了。”

“哎？！他说什么了吗？”

因为霞美心情不好，惠美也不知道该怎么回答。

“真是糊涂。长得再怎么像，一听声音，不也马上就分辨出来了吗？”

霞美板着面孔，把白色的颜料挤到颜料盘里。

“叔叔的眼睛好像真的坏掉了。他说，明天要住院做手术，就暂时回不来了呢。”

即便惠美忧心忡忡，可霞美也只是淡然地说了句：

“是吗？”

两个人各怀心思地继续画着画。

等她们画好时，周围人家的灯光也已经灭掉了，附近传来了大海的声音。一上床，两个人都很快打起了鼾。

不久就刮起了狂风，周围的树木发出“呜呜呜”的响声，随即像是在撒落豆子一般，下起雨来。虽然霞美的母亲上楼来关上了房间的纱窗，可霞美和惠美却睡得很沉，什么都不知道。

母亲充满怜爱地打量着霞美的脸好一阵子。

第二天早晨，惠美被大海“咚——咚——咚”的声音惊醒了。她马上摇醒霞美，说道：

“霞美，那声音，是什么呀？”

霞美一副睡眼惺忪的样子，侧耳倾听着。

“是在闹海呢。今天游不成泳了。有很多海蜇浮上来，会被蜇着的。”

惠美打开了窗户。

“哇！昨晚下雨了耶。”两个人异口同声地说道。

天空中，云朵忙不迭地你来我往，阳光如同岛屿般投射下来。

母亲来叫她们吃早餐了。

“下那么大的雨，居然两个人都没有察觉，真是心宽啊。不过，多亏了那场雨，今天凉爽多了。”

“今天游不了泳，我想去镰仓呢。妈妈，带我们去吧。”霞美开口央求道。

“是啊，如果是午饭之后去的话……”

“才不呢，我好想拿着便当，到八幡神社或者大佛附近的茶摊上去吃呢。”

“明天吧。今天上午不行呢。霞美，你们也赶快做完作业吧。”

“作业什么的，早就做完了。倒是妈妈，为什么不能午饭前出门去呢？”

听见霞美这么说，惠美觉得很不可思议：霞美为什么会变得如此不明事理呢？

换作是惠美的母亲，肯定就会责骂一句“讨厌的孩子”吧，而惠美也绝不会如此矫情地撒娇的。

既然这里的叔叔要住院，那霞美的母亲要帮帮忙，也是理所应当的。对于这一点，霞美应该是明白的。

“霞美，下午去不也行吗？”

听惠美这么一说，霞美就像对惠美也不满意似的，缄口不语了。

和霞美在这家里朝夕相处了两三天之后，惠美发现了一个与迄今了解的霞美截然不同的霞美，一个冷酷而固执的霞美。惠美顿时陷入了困惑之中。

满潮

挚友

那天，刮起了让人心烦意乱的狂风，大海从早到晚都一直在咆哮。

“满潮呢。是满潮呢。”路上能听见渔民们在如此高声嚷嚷道。

收音机里也在提醒人们注意满潮时大海的危险性。

但穿行在松树林中的电车上仍旧挤满了来大海游玩的白色人影。

叔叔叫来了出租车，将住院所需的东西载了上去。哲男决定陪叔叔去医院。

出发前，叔叔说有些头疼，就吃了点药。

“霞美，把水给我。”

“霞美，能不能把烟斗拿给我？”

叔叔就这样一一吩咐着霞美。每当被叫到名字，霞美的身心都好像罩上了一层坚硬的外壳。最终惠美看不下去，索性自己去代劳了。

或许是因为分不清惠美与霞美吧，每当惠美请他做点什么的时候，叔叔都会兴高采烈地去做，并对惠美说：

“霞美，谢谢你。”

对惠美而言，诚恳的东西最打动人。这时的她总是会泪眼婆娑。

尽管叔叔的年纪和惠美的父亲差不多，可不知为什么，惠美总觉得他是一个很孤独落寞的人。

是啊，叔叔的眼睛究竟是怎么啦？

初次见到驾驶着那辆蓝色汽车，显得精神抖擞的叔叔，还是不久前的事儿。而去看眼科医生也不外乎是在两三天以前，可现在他哪怕是在前厅走动，也会不时撞在很大的橡胶树上，或是踢到脚边的波奇。

而且，今天他乘坐的，也不是那辆蓝色的汽车，而是从汽车行租来的汽车。

汽车开到门外的道路上之后，叔叔还把头探出车窗外，向目送他的惠美她们不停地挥手。即便这样，他的模样已经完全像个失明的人了。

很早以前就在这里帮佣的阿妈湿润了眼眶，说：

“老爷这究竟是怎么啦？”

霞美的母亲也一动不动地伫立着，一声不吭。

唯独霞美一直把视线转向别处，尽可能不看汽车的去向。

汽车消失不见后，大家回到了屋子里。霞美和惠美都像是泄了气一样，不知道该干什么。

霞美沉默着，翻开了书本，却看不进去。

惠美把椅子挪到霞美旁边，开始阅读大仲马的《黑郁金香》，但就是没法融入到故事里去。

“风安静了不少吧？”惠美说道。

霞美也抬起头来，说：

“真想去镰仓呢。我带阿惠去走走吧。”

风平静了下来，但还不时会心血来潮地发出“哐当”的声响。而大海依旧在鸣叫。

“呜——呜——呜——”传来了像是悲哀的雾角般的汽笛声。

“这是什么呀？”

惠美胆怯地合上了书页。

可奇怪的汽笛还在继续鸣叫。

霞美和惠美下楼来到了母亲旁边。

“妈妈，刚才那瘆人的汽笛，是什么呀？”

母亲正在做午饭，歪着头，说道：

“哎，我倒是没注意到……”

阿妈从一旁插嘴道：

“只要海边有溺水而死的人，就会拉响那汽笛的。很讨厌的声音，对吧？”

“莫非这样的天气，还有人去游泳啊？”

“那些从东京赶来，又急着当天返回的人，是不要命的。”

坐上餐桌以后，那汽笛还在间歇性地发出悲哀的鸣叫。

尽管这时无线广播也在播放着柔和的音乐，但缺少了主人的房子里，却潜伏着一种深不可测的凄寂。

可怕的大海

挚——友

待在鸦雀无声的家里，霞美觉得对惠美很愧疚。尽管那种乖戾是自己也无法克制的情绪，但事后却总是后悔不迭。

“在闹海之后的海滨，会有各种各样的贝壳呢。不想去看看吗？”

惠美对霞美的良苦用心也了然于心。

把那种墨西哥少女喜欢戴的、色彩艳丽的宽檐草帽戴在头上，将帽绳牢牢地系在颌下，然后两个人就出发了。

来到步道上放眼望去，她们惊讶地发现，狂风在一夜之间改变了沙丘的模样。

作为防风林的松树被掩埋在大风刮来的沙子中，看起来低矮了很多。而在防风林前面，被风刮来的沙土已堆积得恍若一座小山，遮挡住了平时从那里可以看见的大海。

更衣室坐落在沙丘与沙丘之间的谷底。附近茶摊的人就像除雪那样搬运着沙子，为的是开出一条道来。

“这沙可真够呛。”

说着，惠美睁大眼一看，只见茶摊的大婶正在用铁桶搬运着沙子。她说道：

“这可是多年未见的情形呢。今天，据说一个跟着父母来的孩子被潮水冲走了，他父亲想去救他，结果也被海浪卷走了，剩下母亲一个人都快疯掉了。早晨那悲伤的汽笛声，或许就是救援他们的船只拉响的吧。”

惠美她们从沙丘上走下来，只见脚下到处是被海水冲上岸的木屑、海草和垃圾。

混浊的大海变成了浅咖啡色，正掀起凶狠的浪峰，忽而摔打在江之岛的岩石上，忽而径直冲击着沙滩。

果然不见游泳的人影，沙滩上也没有遮阳伞。

在潮湿的沙子上，有好多贝壳在熠熠闪光。是的，有樱蛤，有摔坏的浅紫色薄贝，还有像小人帽那样的红贝壳。这不，她们的手绢里，就堆满了拾来的贝壳。

在回到家制作贝壳标本的过程中，霞美也一直不离母亲的身边。霞美又恢复了她那喜欢撒娇的天性，故意说一些有趣的话题来引人发笑。她谈笑风生，越说越起劲。

到了夜里，霞美她们决定，今晚就睡在母亲的日式房间里。

躺在缀着淡蓝花边的白色蚊帐里，惠美和霞美不禁一阵亢奋，怎么也睡不着。

“和你们在一起，书也没法读了。”

听母亲这样一说，霞美就像幼小的孩子一般央求道：

“妈妈，你给我们讲点什么吧。”

惠美知道，这样的霞美真的是母亲的心肝，一个害怕寂寞的人。

这时，从东京打来了电话，说哲男今晚就在医院留宿，而叔叔何时进行手术，还是个未知数。

第二天是个晴天，大海也一片恬静。

把惠美母亲的来信交给惠美后，霞美的母亲说，森田叔叔的眼睛失明是源于脑部异常，手术之前需要用 X 光拍片检查，所以，手术的日子还没有确定。

惠美的母亲在信中写道：

阿惠：

想必你被晒成了黑人吧。每日持续酷暑，阿诚羡慕地说，还是姐姐过得好。泳衣你都清洗干净，并马上晒干了吗？内衣换下后，就在不碍事的地方洗了吧。

爸爸星期二又要出差了，说是要带阿诚他们一起去。这样一来，就没有看家的人了，很犯难，想请你星期一回来。没关系吧？一个人能回来吧？

等霞美的母亲回来后，我想去拜访她。请向那里的诸位问好。要懂礼貌，尽情而快乐地玩吧。再见。

惠美的脑海里顿时浮现出母亲温柔的面容、可爱的双胞胎妹妹的模样，巴不得立马就回去。

“星期一，不就是马上了吗？好无聊呀。有趣的事情一件都没有。再说，昨天又是一个那么令人讨厌的日子……”霞美说道。

话虽这么说，可下午穿着泳衣一到海边，在与波浪嬉戏的过程中，她们便把一切都忘在了九霄云外。

第二天，哲男邀约她们去镰仓山徒步旅行。

从片濑龙口寺旁边的路向上攀登，美丽的大海就延展在眼皮底下，忽而被抛在身后，忽而又出现在侧面。悬崖上的夏日草丛里，绽放着天香百合花。也许是因为过了盛开的季节吧，刚一伸手去摘，花瓣便散落一地，顿时散发出一阵浓郁的香味。此外，还能星星点点地看见尚未凋零的杜鹃花。

惠美身为都市少女，不禁陶醉在这样的野外景色中。

不久，三个人来到了一片能看见农田和农家的原野。他们在树荫下铺上塑料的包袱皮，打开了带来的篮子。只见篮子盖上，三张餐巾和叉子在闪闪发光。篮子里是夹着小腊肠的热狗、煮鸡蛋和岩皮饼，这些全都出自母亲的手工。

哲男用诚恳的口吻说道：

“我也想要个妈妈。”

“我呢，想要个哥哥或者姐姐。”惠美说道。

霞美凝眸注视着惠美，说道：

“只要有妈妈和阿惠，我就什么都不想要了。”

归程的电车

挚友

霞美是个情绪化的人，就像是容易破碎的玻璃制品。

直到住在同一个屋檐下，惠美才注意到霞美的这一点。不过，在那之前，惠美的恬静早已温暖地包裹住了霞美的敏感。

“阿惠回去了的话，我会寂寞得不得了的。即便去海边，一个人也够无聊的。”霞美说道。

惠美也深谙霞美的寂寞。尽管自个儿家热闹而平和，从不曾感到过寂寞，但惠美总觉得，自己能够理解霞美的那种寂寞。

“我呀，也想和阿惠一起回去呢。但妈妈要留在这里，所以我也不可能回去。”

霞美露出了无助而悲哀的表情。

只要待在这个家里，霞美就有一种危机感，仿佛自己最珍贵的母亲就会被夺走似的，所以变得像刺猬般浑身带刺。这在惠美看来，也是那么可怜，但又不知所措。

对惠美而言，森田叔叔是生活在与自己相距遥远的世界中的大人。不过，看到叔叔的视力急剧恶化，常常分不清霞美和惠美，而对自己却那么友善和温柔，惠美也情不自禁地祈求叔叔的眼睛早日康复，并祈求哲男早点迎来幸福的日子。

惠美回东京的日子，正好与哲男去医院是同一天。

惠美把作为礼物的龙虾包在小竹叶里，放进了竹篮中。看见鲜活的龙虾活蹦乱跳，惠美不禁兴奋地说道：

“弟弟妹妹们肯定会吓一大跳吧。”

为了住院的父亲，哲男在银光闪闪的大水瓶里塞满冰块，然后把一条活鲈鱼放了进去。

霞美把他们俩送到了车站。

“我也想回东京去呢。要不，我也跟哲男去好啦。”霞美虽然嘴上这么说，但或许还是不愿去医院见叔叔吧，转而对惠美说道，“等阿惠的爸爸出差回来后，你再来玩哟。”

霞美貌似很依依不舍。

“我会每天都写信的。你也要马上回我哟。”霞美早已泪眼婆娑。

十一点左右开往东京的这趟电车，空荡荡的。现在应该是人们从东京来海边的时间。

惠美朝一直站在车站上的霞美挥动着双手。

“这架势就像是去美国似的。”哲男讽刺道。

一个小时左右就能抵达东京。

“要知道，霞美是个害怕寂寞的人。”惠美说道。

“鹄沼的那个家可真冷清啊。”哲男说道，“陈旧、阴森……”

“不，宽敞、安静、凉爽。”

“去学校好远呢，我也想住到东京去。”

在藤泽换乘到了湘南电车上。车厢里同样是空荡荡的，两个人就在照不到太阳的窗边面对着坐了下来。

哲男说起了班上伙伴的事情，为自己在无聊的课堂上能睁着眼睛睡觉而得意无比。

“睁着眼睛睡觉?!你是怎么做到的?”

“还不是靠练习呗。”哲男笑了，然后摆出有点严肃的表情，说道，“说到女孩子，我可是搞不懂。比如霞美在想什么，我真是猜不透。”

惠美没法回答他。

在横滨，上来了两个年轻的学生。他们坐在了哲男与惠美旁边的座位上。

从横滨到品川，电车一站不停地飞奔着。

哲男把胳膊搭在车窗上，耷拉着脑袋睡着了。惠美也有些犯困，但旁边的学生不仅打扮很邋遢，还用只有他们俩能听懂的暗语在聊天，所以压根就睡不着。

坐在哲男旁边的学生仿佛在哪里见过，有种似曾相识的感觉。

“在品川下车吧。”听他跟另一个学生这么说，惠美一下子清楚地想了起来。是的，就是去多摩川游泳时，把惠美被偷走的洋服拿回来的那个学生。

或许是因为惠美被晒黑了，那个学生没有认出惠美来，但惠美却感到一阵毛骨悚然。她用手绢遮住半边脸，闭上了眼睛。

被盗

挚——友

惠美想，如果那两个学生也是在品川下车，那自己就跟哲男一起去新桥，所以没有从座位上站起来。

看见那两个学生在品川走出了车厢，惠美一下子如释重负，摇晃着哲男的膝盖，说：

“下一站就是新桥了哟。”

“哦，睡着了。”哲男环视着四周，说道，“阿惠，你怎么没在品川下车呀？”

惠美点点头，然后说起了那两个可疑的学生。

“那种家伙，要是我醒着，肯定给他一个下马威。”哲男逞强地说道。

可电车一到新桥，哲男就尖叫起来：

“哇，糟了，保温瓶不见了。”

是的，哲男放在膝盖旁的那个漂亮的保温瓶，竟然不见了踪影。

“被摆了一道。”

哲男特意带来探望父亲的鲈鱼没有了。

惠美觉得，自己是醒着的，理应承担看守的责任，所以一副懊丧的表情，说道：

“这下糟了。对不起哟。”

衣服被盗时的那种不快感似乎又回来了。

“我的衣服，也是那家伙偷走的。既然把衣服还给我了，没准保温瓶也会还回来也说不定。再稍稍等等吧。”

两个人就那样在月台上站立了好一会儿。

“有我在，那家伙肯定不会回来的。因为怕我呗。”

看见哲男还在逞强，惠美觉得有点滑稽。

“那把这个带给叔叔吧。”惠美把装着龙虾的竹篮递给哲男。哲男摇着头，说道：

“那是给阿惠家的礼物……再说爸爸能不能吃龙虾，还不知道呢……”

“可是，拿去探望病人的东西没了。再说，那保温瓶也真够可惜的。”

“没事，没事。比起那个，更重要的是，那些不良少年有可能是在跟踪阿惠呢。我还是送你回去吧。”

尽管惠美感到一阵莫名的恐惧，但考虑到那样会耽搁哲男去医院，所以就拒绝了哲男的好意。

“没事的。”

哲男刚要转身离去，又停下来对惠美说道：

“对了，霞美挺寂寞的，所以，你要再来哟。也不知道霞美到底是对什么不满意，你就写信安慰一下她吧。我爸爸那么宠爱霞美，可霞美就是很讨厌我爸爸，我觉得我爸爸也怪可怜的。”

虽然同样是山手线，可外环和内环的月台是不同的。哲男隔着铁轨，朝惠美使劲地挥着手。

这时，电车驶到了惠美眼前，挡住了对面的哲男。

惠美暗自想，（要是有个哲男这样的哥哥就好啦。）她不知道，霞美其实是在故意抬杠。

秋色将近

挚友

对于快乐的暑假这个漫长的假日，在学期末的时候，总是扳着指头，期盼着它的到来。可到了八月末，反倒开始眷恋学校，怀念起在游泳池玩耍的伙伴们的脸庞，还有老师的面容。

在惠美她们这样的年纪，也无须帮着做太多的家务，所以有些无聊。

霞美也是这样吧。

每隔一天她就会寄一封信来。

我的阿惠：

保温瓶被盗后，哲男沮丧得很。比起保温瓶，倒是听说那个学生就是偷你衣服的那个家伙，更让我吃惊不小。另外，哲男的爸爸不是眼睛出了问题，而是脑袋里长了个异物，所以，今天做了手术。据说这四五天都拒绝探视。不过，手术结果还不太清楚。

有你在这儿的那段时间，我净和人抬杠，事后回想起来，真是太惭愧了。我也必须得更像个大人才行。不过，没有父亲的孩子，有着只有独生子才明白的悲哀。长大后，到变成老太婆，再到最后死去，所谓独生子，我想都是孤独和寂寞的。

阿惠回去后，我不再住楼上，而是也搬到楼下了。最多的时间，我都是倚靠在那棵橡胶树下的长椅上想着什么。什么也没做，时间一天天地流逝，总觉得怪可惜的。总觉得，就在我发呆的时候，已经有什么正向我步步紧逼而来。说来，倒是开学更让我感到心安理得。

每天，从下午开始就刮起了强风，卷起的沙尘非同小可。大海“哗啦哗啦”地鸣叫着。已经是三点过十分了。此刻，你在干什么呢？一想到这里，就觉得怪无聊的。尽管用无聊来形容，有点奇怪……

要警惕那个不良少年（或许是个假扮的学生）。貌似你被人盯上了，让我很担心。

霞美的信上总是伴随着“无聊”这个字眼。

惠美也已经厌倦了假期，倍感无聊，但这种无聊和霞美的无聊毕竟有所不同吧。听了收音机的晚安节目后，冒着被母亲训斥的危险，悄悄把书带到床上来阅读，可照样没法入睡。

不过，也有高兴的事情，足以撩拨起惠美的好奇心。

惠美的一个表姐，也是个女学生，正在学习舞蹈，整个暑假也都在拼命练习，终于有资格参加演出了，于是送来了演出的入场券。

惠美穿上雪白的百褶裙，和母亲一道去观赏。这下轮到出差回来的父亲看家了。

很少外出的母亲说，要赶在芭蕾演出开始前早点出发，好先去医院探望一下森田叔叔。

在街上的一家大型花店里，她们让店家扎了两束鲜花。红白的康乃馨上带有玻璃纱飘带的那一束，是为表姐的演出所准备的。而送给森田叔叔的花束，则在康乃馨里搭配了芳香馥郁的茉莉花和宝盖草。

“等森田叔叔眼睛痊愈了，看了这些花儿，肯定会觉得更漂亮吧。”母亲说道。

病房拒绝探视的标牌已经撤下，透过因炎热而敞开的房门，从外面便能看见叔叔缠着绷带的脑袋。

“注意别说太多话了……”护士提醒道。

“我没见过森田叔叔，就还是惠美一个人进去好啦。”母亲没有进病房。

惠美不知说什么才好，就那样在靠近病床的地方站了好一阵子。

叔叔绷带下的嘴巴明显在翕动着，煞是兴奋地说道：

“谁呀？是霞美吗？”

听见他那像是迫不及待地等着霞美的声音，惠美禁不住想，为了森田叔叔，就算变成霞美也心甘情愿。惠美朝眼睛看不见的叔叔，使劲点了点头。

“霞美呀，你妈妈还好吧？这次我也是服了这眼睛。霞美，你可要当好你妈妈的帮手，快点长大哟。”

“嗯。”

“刚才我让哲男买冰淇淋去了。你就和哲男一起回去好啦。”

当天夜里，惠美给霞美写了封信。

哪怕只是一个人静静地待着，也要好很多。弟弟妹妹们吵死人了，净在那里拌嘴。

今晚，我和妈妈去看表姐的芭蕾舞演出，在那之前特意到医院探望了叔叔。我一个人进了病房后，叔叔又把我错认成你了。在我眼里，叔叔是个大好人呢。就算是个糟糕的人，如今也是那么可怜。你要对他更友善和亲切才好。

我也邀请哲男去看了芭蕾舞。因为叔叔让我和哲男一起回去……只有女学生参演的这次芭蕾舞演出真可谓状况百出，比如扮演“大拇指公主”的表姐鞋子掉了，蝴蝶公主踮着脚尖摔倒了，唱片播放的音乐突然停止了，可脚还悬在空中等。不过，还是很美。

回去的路上，哲男居然喝了不放糖的咖啡，让我吃了一惊。想必他是有点假装老练吧。这，你可要保密哟。

我妈妈向你妈妈问一百个好，一千个好……期盼着马上在学校见到你。

你的阿惠

九月一日，炎热未退的太阳下，刮着狂风。

宽阔校园的每个角落都聚集着班上的伙伴。惠美在人群中寻找着霞美，却没有找到。

举行完朝礼，走进教室时，惠美一下子捕捉到了霞美的身影。

但就在四目交会的瞬间，霞美把头转向了别处。惠美不知道，霞美究竟在生什么气。

在秋日的学校

挚——友

（霞美是请假了吗？）

在秋季学期开学的日子，惠美担心得不得了。因为无论怎么寻找，都不见霞美的身影。

在开朗的惠美身边，聚集了很多的伙伴。

在梧桐树荫下，惠美被朋友们簇拥着，兴奋地聊着暑假的话题。因为好久没见了，所以想说的话是没完没了。

有人说到了海滨夏令营，那里的集体生活也妙趣横生。

“要是我也去就好啦。”惠美发出了煞是羡慕的赞叹声。

“不过，惠美不是跟霞美去了海边的别墅吗？只有你们俩，一定很美妙吧。”

有人刚一这样说，另一个人就马上附和道：

“是呀，因为是闺密呗。”

于是，大伙儿开始起哄了。

说不出是因为害羞，还是因为讨厌，为了让大家闭嘴，惠美大声说道：

“因为受到邀请，所以就去了。仅此而已。没什么大不了的。”

说完后，她回头一看，不禁目瞪口呆。

原来，不知什么时候霞美也来了，只见她垂头丧气地离开了树荫处。她的背影狠狠地击打着惠美的胸口。

简短的开学典礼结束后，正要回去时，惠美好不容易拽住了霞美。她问道：

“叔叔他出院了吗？”

“叔叔的事儿，跟我有什么干系……”

霞美摆出一副开杠的表情，貌似很无聊地回答道，随即便掉头向远处走去。

第二天，第三天也一样。霞美要么故意挪开视线，要么把头扭向一边。

即使惠美跟她搭话，她也不理不睬。

在暑假的展览会上，惠美的水彩画《月见草》获得了银奖，但霞美却什么也没有拿去展出。

惠美找到霞美，问道：

“一起画的画，干吗没拿去展出？只有我拿去展出了，感觉挺对不住你似的。”

“不愿意罢了。”霞美冷淡地说道。

“我常常想起鹄沼的那天晚上呢。”惠美像是在安慰霞美似的，说道。

“就算想起来，不也挺无聊吗？”

或许霞美是在主动追求着那种孤独吧。她的眼神也变得暗淡无光了。

因为霞美不理不睬，惠美只好去和其他朋友搭讪了，但都不如和霞美在一起有趣，也萌生不了友情。

从学校回家的路上，霞美和那些惠美不认识的少女并肩而行。远远看着霞美的黑发和裙子的条格花纹，惠美感到一阵悲哀，不禁叹息道：

“霞美她到底在生什么气呢？”

长得就像一对双胞胎，并曾经如胶似漆的两个人，从秋季学期开始，竟突然生疏起来，这一切都被班上的少女们看在眼里。有人还故意在惠美面前提到霞美，所以，关于霞美的种种传闻也都进入了惠美的耳朵，更何况还是一些并不悦耳的传闻。

“据说，霞美家最近才买了钢琴呢……因为家里放不下，貌似还折腾了一番。明明都有钢琴了，干吗不在选修课目中选钢琴课呢？”

“霞美选修的是裁剪吧。据说她家外面就挂着‘西式裁剪、缝纫’的招牌呢。”

“听说霞美这阵子和三年级的坂本容子打得火热呢……说到那

个容子嘛，因为粉丝太多，或许反倒难以抉择吧。”

就是诸如此类的八卦新闻。

不过，其中也有让惠美大吃一惊的传闻。

那个叫作容子的学姐，走的是美少年路线，让人联想到少女歌剧中的男主角，还是个排球选手，在低年级的学妹们中间超有人气。还风传其哥哥或弟弟是个不良少年等。

照这样下去，和霞美之间只会越来越疏远吧——一想到这里，惠美就焦虑得坐卧不安。

不过，从霞美那扭头而去的背影中，惠美还是感受到了像是在诉求什么的落寞。

天体望远镜

挚友

班主任高田老师通知大伙儿，要组队去参观学校的天体望远镜。

在秋日伊始的一个美丽星夜，收音机店铺的爱子邀约惠美一起去。爱子在棉布裙上穿了件深橘色的毛衣。

惠美也在连衣裙上套了件藏青色的对襟毛衣。那毛衣上还散发着卫生球的气味。

两个人结伴出发了。来到霞美家附近时，爱子用开朗的声音说道：

“等等，我这就去把霞美也叫来。”

说着，她沿着丝柏篱笆的小径一路小跑过去。

惠美的心怦怦直跳，等着霞美的出现。她思忖道，要是与霞美之间的隔膜也就此消除了，该有多高兴啊。

霞美那有着长长睫毛的大眼睛和乌黑发亮的头发，还有心情大好时显得少许夸张的动作——这一切都让惠美无法忘记。

不久，爱子就回来了。

“她家有狗在叫，吓得我不敢去开门。阿惠，还是你去叫她吧。”

惠美代替胆小的爱子走了过去。只见罩着圆灯罩的电灯光下，那扇格子门寥落地紧闭着。惠美小心翼翼地拉开了二三寸的缝隙。

“哎呀，这不是波奇吗？莫非……”

波奇的毛长得好长，变成了一只脏兮兮的长毛狮子狗，这让惠美也有些不敢断定。

或许因为它也忘了惠美吧，波奇叫个不停。这时，霞美的母亲从里面走了出来。

“哇，是惠美呀。”她煞是亲切地招呼道，“那以后就一直没有见到你，正琢磨着，这是怎么啦……霞美貌似很孤单和寂寞呢。”

惠美觉得对方就像是在责备自己一样，脸一下子涨得通红。

霞美的母亲貌似瘦了不少。

原来，霞美去公共澡堂洗澡了，不在家里。

“来玩啊。一定哟。”霞美的母亲对着惠美的背影反复叮嘱道。

两个人继续朝学校走去。这时，爱子爽快地问道：

“霞美为什么不和惠美玩了呢？发生了什么吗？”

“什么都没有发生。我也纳闷着呢。”

“在我看来，即便是现在，霞美也喜欢你喜欢得不得了。会不会是在跟你赌气，故意闹别扭呢？”

对在热闹而幸福的家庭中长大的惠美来说，霞美的心情就像谜一般费解。

感觉就像是幼小的妹妹才刚刚睡醒，正跟人使性子似的。

“惠美，你能记住太阳系星座的顺序吗？”爱子换了个话题。

“水、金、地、火、木、土、天、海、冥……在火星和木星之间，是行星呢。”

惠美那清澄的嗓音随着晚风流散而去。

“哇，真厉害。再告诉我一遍。”

“把‘星’字去掉，念起来就顺口了，也就容易记住了。”

学校的屋顶上，能看见月光中浮游的人群。

鞋子里

挚——友

霞美的叔叔出院了，却成了盲人。

尽管脑袋里的恶性肿瘤依靠手术切除了，但也永远地失去了视力。

人们常说，祸不单行。这时，叔叔公司的业务也出现了闪失，所以，不得不把鹄沼的房子和那辆蓝色的汽车全都卖掉。眼下正在东京找小一点的房子，打算和哲男两个人搬到东京来生活。

周围的人都对叔叔和哲男的处境非常同情，甚至有人开口劝说霞美的母亲和他们同住，以便照料这一对父子。

但这一建议却遭到了叔叔的拒绝。

叔叔把钢琴、宠爱的波奇和伽比都送给了霞美，还把那扇漂亮的三面镜送给了霞美的母亲。

哲男因父亲的事情会时不时来一趟东京。每次顺便到霞美家时，他都会说：

“爸爸很想见霞美呢。如果霞美不愿意，那我就去拜托惠美代劳吧。”

听他这么一说，不知为什么，霞美生气得直打哆嗦。

如果惠美说“一个盲人大叔，我才不要去呢。管他怎么着都无所谓”，那么，或许霞美心中的芥蒂就会顿时消除吧。

可不承想，那以后初次见到惠美，她首先过问的就是叔叔。

进入秋天以后，霞美的母亲因忙于工作，常常无暇顾及霞美。霞美因此更加寂寞了，觉得什么都无聊透顶。

高田老师在理科课上讲起天体来，话题不断，口若悬河。可是，就算他把各种数字，比如星球围绕太阳旋转一周的时间等，一一写在黑板上，霞美还是忍不住哈欠连天，只是怔怔地看着老师的脸。

高田老师又讲起了从月球世界下凡到人间的辉夜姬的故事。

“除此之外，同类的传说还有……”高田老师提问道。

“希腊神话。”惠美的声音清晰地直抵霞美的耳膜。

“是的。其实，星座的名字，大都来自希腊神话呢。不妨用望远镜瞅瞅星座吧。要不，我给你们讲讲星座的故事？”

这时，就像拉上了一道黑色幕布似的，教室里陡然一片黑暗。刚才还太阳高照的天空，竟蓦地下起了雨来。学生们把写满困惑的脸转向窗户，望着变幻无常的天空。

“不要看别处。”

高田老师对雨毫不介意，继续说着天体的话题。已经到今天结束的时候了。

放学时，雨彻底下大了。

在放着鞋柜的出入口处，挤满了拿着雨伞和雨靴来接孩子的家长。

霞美也在搜寻着母亲的身影。

在人群中一看见惠美母亲的身影，她就立马爬上楼梯，钻进了图书馆。

从图书馆的窗户望出去，可以看到下面的街道一直延展到很远很远。

霞美茫然地看着来接人的家长和回去的学生们。没有打伞就冲到屋檐外的那些人，或许是家都在附近吧。

如果母亲拿伞来了，那么，霞美就会和母亲快乐地漫步在雨中的街头，路过水果茶店时，还可以让母亲买一杯冰淇淋汽水吧。霞美在心里期盼着那一幕。

（母亲白天要做缝纫，晚上很晚还在织毛线——长此以往，会搞坏身体的。应该偶尔也出门去休息休息……）

霞美一边这样想着，一边久久地俯瞰着雨中的街道。

当豆腐铺的伙计撑着雨伞的黄色身影突然映入霞美的眼帘时，有人走进了图书馆。霞美以为是老师，可回头一看，却发现是三年级的坂本容子。

“哎呀，你在干吗呢？是来借书的……”

那嗓音就像个男的。

“在等雨停吗？这雨暂时是不会停的。如果是去车站那边，那就钻进我的伞里来吧。你呀，还长着一双蛮可爱的眼睛呢。昨天，我借了本《金色夜叉》回去，没想到是文言体的，就决定放弃不读了。”

说着，她伸伸舌头，把书还到书架上，在借书卡上写上还书日期，然后搂着霞美的肩膀，下楼去了。

霞美躲进了那把很大的黑色棉布伞里。

一到家门口，就看见准备外出的母亲手拿着两把雨伞，正要走出玄关。

“哦，你回来啦。太好了。是跟谁一起回来的吧。妈妈专注于工作，结果忘了时间，正急急忙忙地要出门去接你……”

但霞美话也不说，就一头钻进了房间里。

“对不起，霞美，妈妈去晚了……”外面传来了母亲的道歉声，“快点把衣服换掉吧。还给你准备了点心呢。我这就出去买点做晚饭的东西。”

“才不要呢，妈妈。”霞美呼唤道，但妈妈已听不见了吧。

从玄关那里传来了关门声。妈妈一出去，一种无处发泄的不满顿时攫住了霞美。

明明母亲手里拿着两把伞，霞美却偏要这样想：

（妈妈刚才根本就不是去接我，而是要出去买东西呢。）

想到这里，霞美更是无比凄凉。

在独自一人的家里，霞美给容子写了封信。

一开始只是在罗列独生子的寂寞，可写着写着，不知不觉竟变成了一本正经的请求，希望容子能做自己的姐姐。

打结的书信

挚友

那天夜里，霞美做了个噩梦。

在梦中，霞美忽而砍掉鹦鹉伽比的喙，忽而一屁股坐在钢琴的琴键上，极尽调皮捣蛋之能事。这时，突然冒出一只又黑又大的野兽，在身后追赶着霞美。

霞美被追得无处可逃，就从一个河岸似的地方跳了下去。她一个劲儿地往下坠落，最后掉入了一个无底的深渊。

就在被魇住的时候，她醒了过来。

不光胸口一阵窒息，还感到恶心和呕吐。

也不想吃早餐。

（真丢脸。我这是怎么啦。）

对自己给三年级的坂本容子写信一事，霞美深觉懊悔，甚至感到一阵恶心。

“今天索性请假吧？你是不是哪里不舒服了？”母亲问道。

“不，今天我想去学校。我有话想跟阿惠说。”

听说惠美专门来过一趟，邀约自己去看天体望远镜，一种久违的眷恋就像热水般弥漫在霞美心里，对自己刚好外出洗澡感到深深的遗憾。

但就在找惠美谈心之前，霞美的肚子突然痛了起来，不等上完一个小时的课就早退了。

那天，惠美也从霞美脸上感受到了一种直率而诚恳的眼神，正琢磨着等休息时间一到，就去招呼霞美，拍拍她的肩膀。是的，仅此也能对对方的心思心领神会吧。

但霞美却因身体有恙而被迫早退了，这让惠美大失所望，同时又担心不已。

最后一堂课是体育。

惠美把短裤换成裙子，洗净了脸和手。正要把运动鞋换成上学穿的鞋子时，她突然摸到脚尖处有个东西。

于是，她把鞋子倒立着抖了抖，一个打着蝴蝶结的粉红信封掉在了地上。

惠美环视着四周，连忙把信封塞进了裙子的口袋里。

等不及回家再看，她跑到此时罕有学生的图书室，悄悄打开了信封。

（谢谢你的信。）

信首是用很潦草的字迹写成的。

惠美以为是霞美写给自己的，结果却不是。

你真的是个多愁善感的人。本月要举行排球赛和运动会，我好期待。下个月修学旅行时，我不会忘了给你信和礼物的。你说经常在道玄坂看见我？此话当真？是的，闲得无聊时，我就会去道玄坂。因为银座太远了。我的一身打扮很特别，对吧？下次记得跟我打招呼哟。那可是礼节呢。可别装作不认识的样子。你貌似是个一根筋的人呢。我也是。没准很合拍也说不定。再见。

容子

致多愁善感的霞美

“哎?！是写给霞美的？”

惠美的心跳一阵加速。

鞋柜上贴着编号，惠美和霞美刚好一上一下。想必是容子忙中出错了吧。

惠美拿着这封打着蝴蝶结的信，打算在回家途中去问问霞美。

传说中的人物

挚——友

随着秋意渐浓，惠美她们学校活动连连不断。学生们也忙碌不堪，不得消停。

秋季运动会、各年级的实地参观、三年级的修学旅行，然后是义卖活动……

这所学校位于战前被称之为东京郊外的地段上，是在被战火烧尽的土地上逐渐建起校舍的，算来已经有十年了。

但唯独环绕着宽敞校园的围墙，还一直坍塌着，没有修缮。

有时候，打偏的球会飞进旁边人家的花坛，甚至还有街上的人利用没有围墙之便，为抄近路而径直穿过偌大的校园。

学校今年决定委托家长会举行义卖活动，以筹集修缮围墙的费用。

一、活动中陈列的物品均为以 300 日元出售之物。欢迎各个家庭提供废弃物品或中古物品，作为出售之物。至于价格，请交由学校确定。

二、请提交白米一合[①]、白糖和面粉一杯，供食堂使用。

三、入场券、餐券到时分发给各位。

除了各个家庭的出售之物，低年级学生还制作了小小的绒布人偶，而作为家务实习课的一环，高年级的学姐们则制作了塑料编织的购物袋等。这些都是要在义卖活动上出售的。

第二学期正好是在漫长的暑假之后，而且白昼也一天短过一天，所以，像这样接连不断地举行活动，学生们很容易对学习心不在焉。

女生们有时会突然因活动的话题而产生口角。而男生们则开始调皮捣蛋，打碎窗户玻璃等。

班主任高田老师一旦抓住课堂上左顾右盼的男学生，就会大声训斥道：

“你干吗不专心学习呢？瞧，也就只有身高算得上成年人了。”

说着，还用手指戳了戳与自己身高只相差一英寸的学生的脑袋。

惠美也长高了好大一截。

（霞美在卧床休息，没法比身高，不知会怎么样呢……）

---

① 一合米约为150g。——译注

高田老师曾去请了病假的霞美家家访过一次，从那以后，他总是问惠美：

“田村她怎么样了？……已经不要紧了吗？”

长得酷似的两个朋友深深地镌刻在了老师的心里，所以，他顺理成章地认为，只要是霞美的事儿，那就最好是问惠美了。

霞美患的是盲肠炎。手术后似乎已没有大碍。

“虽然运动会是参加不了了，但那时候应该已经出院了。”惠美说道。

关于三年级的坂本容子忙中出错，放进惠美鞋子里的信，惠美原本打算马上交给霞美的，但惠美去医院时，手术刚刚结束，霞美还没有从麻醉中醒来。

一看到霞美那可爱而无助的、像是婴儿般的睡脸，霞美故意使性子的事儿，还有背着惠美给容子写信的可恶行为，都被惠美抛在了脑后。

（我们要一直好下去！）

惠美在心里坚定地发誓道。

她甚至讨厌把坂本容子的信交给霞美了。

其中，无疑掺杂着些许少女式的妒忌。

当然，也不乏这样的考量：容子是个传说中的人物，这让惠美不无芥蒂，所以想要制止霞美与容子接近。

容子是个引人注目的人，成绩又好，总是被推举为什么什么的委员。在讨论会上经常与男生唇枪舌剑的人，也是容子。

不过，关于这个人气学姐，也流传着很多负面的八卦。

首先，有些过于哗众取宠。常常在胸口的荷包里插一支银色笔帽的派克笔，还戴着那些女演员爱戴的遮光墨镜。

其次，措辞与语气就像男生一样粗暴和低俗。

尽管学校对校服没有规定，大家可以穿着各自喜欢的或者现成的衣服来上课，但也不外乎是白色罩衫、百褶裙，抑或毛衣等，不会打扮得太花里胡哨。

其中，唯独容子有时候一身奇装异服就来学校了。比如穿着脚踝处收得很紧的深蓝色裤子，上面则套一件红色的格子罩衫。

“真漂亮。”

她的打扮让学妹们瞠目结舌，连声赞叹，同时也成了众人议论的焦点。

“据说坂本的母亲是酒吧的老板娘……”

“据说，坂本家除了她母亲，还有个开柏青哥[①]店的父亲呢。”

“听说，她还有个高中生的哥哥，是个不良少年，还偷人东西呢。”

听到这些传闻，惠美觉得，美丽的霞美仿佛正被肮脏的东西所包围。是的，自己绝不能让霞美靠近那些东西。

---

① 一种类似于老虎机的赌博项目，也有人译为“弹珠机”。——译注

波斯菊的篱笆

挚——友

霞美生病后，她最爱最珍惜的母亲抛下一切，一直陪在她身边，终于让她的心云开雾散。她又变回了那个甜蜜而黏人的霞美，每天都急不可待地等待着惠美的到来。

两个人比以前更加亲密了，以至于让人怀疑，世界上真有这样的亲密友人吗?

结果，惠美把容子的信夹在少女杂志中，忘记了。

运动会预演那天，没有课，宽阔的校园里，到处活跃着师生们——男老师们穿着白色运动裤，女学生们穿着白色罩衫——的身影。

三年级排球队的选手们，在运动会当天，要在高田老师的带领下，去别的学校参加比赛。

因为不参加校内比赛，坂本容子戴着绿色的防晒墨镜站在观众席上。她的身影再配上美丽的面容，显得格外引人注目。

惠美属于那种生性快活的人，但不知为什么，就是不太喜欢运动会。

赛跑、跨栏比赛、女子团体操、男子赛马、器械体操——大都是一些大同小异的比赛，或许让她厌倦了吧。

赛跑结束后，惠美刚一回到学生席，就被谁拍了拍肩膀。她回过头一看，发现是容子站在面前。

“有点话跟你说。”她用眼神指示着惠美。

惠美吃了一惊，心一阵乱跳。

“哇——哇——”看台上的学生们还在大声助威着。

从学生席后面一穿而过，容子把惠美带到了校园的角落里。

那里开满了学生们种植的蔷薇花和波斯菊，形成了一道代替围墙的天然篱笆。眼下正是波斯菊盛开的季节，它们在凉爽的秋风中摇曳着，发出可爱的响声。

女生们给这里取名为“友谊之墙”，常常在午休时来这里聊天。

在波斯菊前面停下脚步后，容子突然开口说：

“惠美，你和霞美是好朋友，对吧？”她边说，便掐下白色的波斯菊花，在指间来回鼓捣着，“我把给霞美的回信，错放进了你的鞋柜里。那封信，在你那里，是吧？”

“嗯。”

“两三天前，我去看望霞美时才发现，是我自己弄错了。不过，惠美不是应该马上交给霞美,或者还给我吗？这事也太让人不爽了。你到底把信怎么处理啦？”

惠美感到脚下都在摇晃，但马上又重新打起精神，诚恳地道歉道：

“对不起。”

“哎，就算道歉，又有什么用呢？”容子话中带刺地说道，“请你解释一下，为什么你要拿着那封信？”

“一开始，我是想马上转交给霞美的，但当时霞美刚刚做完手术，我也就没能开口告诉她。这样又过了好一阵子，可看见霞美情绪低落，就越来越交不出手了。是的，是我不对。”

“你还拿着的，是吧？”

“嗯。”

“事到如今，怎么着都无所谓了。就请你撕掉它，然后烧掉吧。因为是我的败作。真够丢人的。”

“嗯，知道了。”

没想到，容子远比想象的要洒脱和痛快。惠美也不由得安下心来。

两个人身后，赛马比赛已经开始了。只听见加油声一浪高过一浪。

“长得还真像呢。或许，一开始我就没把你和霞美分清楚吧。”容子目不转睛地看着惠美，说道，“我去看望霞美时能感觉到，她还没有读到我的回信，这才意识到了自己的错误。不过，我也没有吱声。求你了，撕掉它吧。这种事对谁也别说哟。但愿以此作为缘分，让我们成为好朋友吧。”

容子有些蛮横地攥住惠美的手，然后又甩开了，快步向看台方向走去。

容子那自信满满的背影，总让惠美觉得难以亲近。

抱病的母亲

挚——友

第二天的运动会遇上了半阴的天气。尽管才十月初，却透着料峭的寒意了。

惠美属于红队，在总分上，输给了白队十二分。

惠美参加了作为年级比赛项目的两人三足游戏。比赛中，惠美不仅在家长会的观战席前面摔了一跤，套在脚上的绳子也松开了，一副狼狈相。

而去其他学校参加排球比赛的坂本容子等人则大获全胜，在运动会结束时，器宇轩昂地回到了学校。

惠美的目光不自觉地看向了容子。作为回应，容子像外国士官那样，朝她行了一个三根手指的举手礼。

“瞧，容子在给阿惠敬礼哪。真棒。”

听朋友这么一说，惠美不由得羞红了脸庞。

第二天开始，霞美就来学校了。

在被晒黑的同学们中间，她的白色肌肤显得格外耀眼，而且也没怎么消瘦。

“阿惠，阿惠。”霞美跟在惠美身后，寸步不离。

无论是到操场上，还是去图书馆，甚至上厕所，两个人都是结伴而行。她们又和好如初了。

有时候，看见这样的霞美，惠美甚至有一种冲动，想拿坂本的事儿来取笑她。

“那以后，又给坂本写信了吗？”

但这不是惠美能开口问的事情。

三年级学生出发去关西进行一周的旅行。

而惠美的年级实地参观则走的是村山储水池、教科文村、相模湖这一条线路，并且恰逢适合远足旅行的秋日晴天。

惠美借来父亲的照相机，挂在肩膀上。在她的手提袋里，装着母亲四点就起来做的鸡蛋紫菜寿司和煮鸡蛋，因为新鲜橘子还又青又小，所以就选了罐装的桃子、香蕉，以及罐装咖啡、品川卷和各种豆子，而塑料袋里则装满了全是两人份的糖果、巧克力，所以拎起来沉甸甸的。

学生们一边唱着歌，一边行进在武藏野里。

原野和山冈

到处洒满了阳光
鸟儿掠过树梢
飞向云霄
湛蓝的天空上
云朵你来我往
秋日的微风
轻抚着脸庞

这首降 E 大调的德意志民谣，化作漂亮的混声合唱，流淌在原野上，让那些骑在自行车上的人也不禁停下来回头一顾。大伙儿越唱越来劲儿，开始唱起了《两个年轻人》[①] 这首歌。

“这可不行。”有些班还遭到了老师的警告。

惠美穿的是暗橘色的薄毛连衣裙，这是母亲花了三天时间为她缝制的。而霞美则是在白色罩衫下套了件黑白格子的无袖连衣裙。跟惠美一样，霞美也拎了个胀鼓鼓的手提包。

大家决定在小山丘环绕着的草地上吃午餐。

那边一群，这边一群，大家自动结对，各自打开便当，开始互换水果和点心。

在这之前，惠美和霞美便已商量好了要买的东西，以免出现

---

① 指非裔美国爵士歌手纳·京·高尔（Nat King Cole）的歌曲 *Too Young*，日本歌手美空云雀曾翻唱过该歌曲。——译注

重复。

她们约定，由擅长制作曲奇和三明治的霞美的母亲负责做三明治，而惠美则提供两人份的寿司，来和霞美的三明治交换。

“阿惠，我妈妈有点感冒了，今天早晨没能起得来，所以，是我做的。做得不好，对不起哟。”霞美拿出了用蜡纸包着的三明治。

“哎——？是霞美做的呀？”惠美觉得好佩服，不禁对霞美刮目相看。

“你妈妈的身体很不舒服吗？”

“说是一大早就嗓子疼……我想，还不至于那么糟糕吧。”

“义卖活动能来吗？”

“要是义卖活动前都还不能痊愈，那就太泄气了。”

举行义卖活动的食堂，是擅长烹饪的母亲们大显身手的地方，所以，霞美的母亲也是其中的成员。

霞美的母亲真的是什么都能做得超级美味。惠美又回想起了在鹄沼的那次远足旅行。

“我把义卖活动的入场券也给哲男寄去了。”霞美说道。

“他要从鹄沼赶过来吗？那也真够辛苦的。”

“不，他已经在东京了。”霞美把惠美带来的寿司塞进嘴里津津有味地边吃边说道。

义卖日

挚——友

为了做义卖日那天的各种准备工作，星期五下午停课了。

星期六和星期天这两天，学生们摇身变成了售货员，或是食堂的招待。

各个年级的教室则成了学生们的手工制品和远比街上店铺要便宜的日用品的卖场。

校园里设置了现场制作陶器的炉灶，还开设了贩卖糯米团子、寿司和年糕小豆汤等的模拟店铺。尽管有点不合时节，但还安排了钓金鱼的摊位。

此外，还设置了套酒瓶游戏和小小的射箭场。这不，当完半天售货员的学生们又摇身变成了顾客，急不可待地玩起了一次需要支付 10 日元的游戏来。

依旧没看见霞美的母亲。

霞美在二楼的走廊上贩卖着家长会的妈妈们制作的甜甜圈。

惠美已完成了上午小组的销售任务，正带着妈妈和弟弟妹妹们四处转悠。这时，听见霞美用羞怯的声音吆喝道：

“怎么样，要不要给孩子买点学校的特色小吃——友情甜甜圈啊？”

惠美不禁偷偷笑了。

“哎呀，阿惠又在使坏了。讨厌。”

“怎么样，销路如何？”惠美的母亲笑着问道。

“不知道呢。”说着，霞美把脸藏到了同学的肩膀后面。惠美的母亲给双胞胎妹妹买了一袋甜甜圈后，就到操场去了。

等弟弟和幼小的妹妹们尾随母亲走进陶器制作坊之后，惠美也在素烧盘子上画起了彩绘。如果画得好，她打算送给父亲做烟灰缸。

在炉火的照射下，惠美已经出汗了。

“惠美，好久不见……画得不赖呀。”

循着声音抬头望去，只见面前站着身穿黑色学生服的哲男。

“你画的是月见草吧。我想起来了。”

“欢迎欢迎。”

“霞美在哪里呀？”

“二楼尽头的走廊上，正在卖甜甜圈呢。”

“甜甜圈？”哲男皱起了眉头。

“你有什么事？”

“阿姨还一个人躺在床上呢。她叫我带口信给霞美，尽量早点回去……”

“如果是带口信的话，我来帮你吧。阿姨不舒服吗？”

“倒也不是什么重病，但一个人终归不方便吧。那就拜托你了。”

看见哲男这就要回去了，惠美叫住了他。

“喂，你不去义卖现场瞧瞧吗？……要不要试试在现场制作陶器？有各种又便宜又好的东西哟。礼堂那边的跳蚤市场也蛮有趣呢。”

被惠美那种可爱的推销精神所打动，哲男停下了脚步。

惠美拜托担任制图工的河北老师，把画好的盘子放进炉灶里，然后带着哲男去转悠一圈。

“跳蚤市场，是什么呀？”

“有老邮票、纪念邮票、错版邮票，也有带迪马吉奥[①]签名的棒球……”

“哇，这可了不得。”

“还有捷克斯洛伐克的八音盒、巴黎的领带、旧书、扑克牌、

---

① 乔·迪马吉奥（Joe DiMaggio，1914—1999），出生于美国加州马丁内斯，是美国具有传奇色彩的棒球运动员。——译注

照相机、酒罐……反正是五花八门，应有尽有。”

惠美这样念叨，听上去很有趣。

“那就去见识一下吧。”

“我去给霞美捎个口信就过来，你等等啊。”

“阿姨说的是‘尽量早点回去’，所以不那么着急也没事的。”

哲男叫住惠美，两个人一起走进了礼堂。

也不知是谁想出的主意，会场上居然放着唱片，是一首名为《巴黎的屋檐下》的古老流行歌曲。

学生和学校相关人员带来的旧物品、废弃物、珍稀物等，被一一陈列在好几张桌子上。

也许是这个会场人气最旺吧，略显拥挤。从其他人的肩后望出去，果然如惠美所说，从大人的玩具到中古的衣服，再到厨房用具，可谓无所不有。只见美国制造的烤箱和搅拌器上，贴上了“已售”的红色标签。

“哎！”

哲男就像被什么惊吓住了一般，拨开人群，朝销售台走去。

“请把那个保温瓶给我看看。”

他跟卖场的少女打过招呼后，伸出手一把拿过来，脱口而出道：

“果然是它！”

惠美也打量着哲男手里的保温瓶。

“阿惠，没错，就是它。你还记得吗？”

“哎呀呀——”惠美的心也怦怦直跳。

保温瓶

挚友

这个保温瓶的底部刻着 K・M 两个罗马字，这是哲男父亲名字的首写字母。

是的，肯定是去医院的哲男与回家的惠美一起离开鹄沼那天，在横滨与品川之间被人偷走的那个保温瓶。

（它怎么会出现在这里呢？）

哲男和惠美面面相觑。

保温瓶应该是家家户户都有的东西，也是街上的杂货铺和百货店肯定有售的东西。如果你想要别致一点的保温瓶，那体育用品店里也绝对有售。

但这个保温瓶却不是日本的东西。是哲男的父亲战前在欧洲的某个地方买来的，并陪伴他长途旅行，去过好多国家的东西。

尽管不像宝石、钟表和照相机那样昂贵，却是哲男父亲无限怀念的旅行伴侣。

它很大，瓶口很宽，可以放进一条中等大的鲈鱼。

哲男的父亲曾经把在那不勒斯刚刚钓起的鱼，与冰块一起放进去，运送到了没有海的里昂。还曾用它把珍贵的兰花，丝毫无损地搬运回了日本。

保温瓶不光可以放水和冰块，在战争期间的夏天，他还曾无数次把在鹄沼捕获的鲜鱼放进保温瓶，送给食品紧缺的东京友人。

在可以用作水杯的瓶盖上，有一块像美丽昆虫般的磁铁。

“是五百日元吗？”哲男看了看价格的标签，付了钱。但还是忍不住问道：

“出售这个东西的人，也是学校的人吗？”

“请等等。”

一个看起来比惠美稍微年长的少女，或许是打算去问问谁吧，穿过人群找人去了。不一会儿，她便带着坂本容子回来了。

“是我出售的东西，您是说怎么啦？”容子盛气凌人地开口说道。

看见容子，惠美在一旁有些茫然无措。

“倒也不是说怎么了，不过，直到两三个月前，这个保温瓶还是放在我家里的。事实上，在它丢失以后，我都已经不抱希望了。我只是想问问，您是从哪里得到它的。”

尽管哲男的口吻并不像是责问容子，但容子还是怒不可遏，说道：

“哎，失礼失礼。这可是很早以前就在我家的东西呢。就算是外国货，但日本也并不一定就绝无仅有啊。也有同样的东西吧。说什么‘它曾经是放在我家里的，你是从哪里得到它的’，这种难听的话你就别说了吧。”

哲男一副为难的表情，低着头说道：

“我并没有惹你生气的意思。实在是对不起……或许是有相同的东西吧。请不要介意，我问了个很奇怪的问题。”

“什么，你买下了它？自个儿家的东西，干吗还要买呢？我才不想卖给你这种人呢。”容子得理不饶人，把惠美也连带着骂了一通，“这人，是惠美的哥哥吗？这是不是太过分了一点？我说，你是不是对我有什么意见？”

惠美小小的胸脯一阵狂跳。她只是摇着头，却说不出话来。

哲男也讶异于容子的汹汹气势，但还是像个男子汉似的毅然说道：

“不过是我失言了而已，跟惠美毫无关系。”

说完，他快步离开了卖场。一旦稍有磨蹭，就会聚集更多的人来。

惠美目送着哲男离去，然后飞奔到二楼的甜甜圈卖场。

在楼梯第二到三级的地方，她给霞美转达了哲男的口信。

“是吗？那我早点回去了。不过，阿惠，你怎么啦？脸色好糟糕。”

“是吗？哲男激怒了坂本呢。不过……”

惠美有些拿不定主意，该不该说出来。

目送

挚友

两天的义卖活动取得了巨大成功。

校园里的波斯菊在秋日清爽的光线中摇曳着。

不久，那附近就会建起一道漂亮的围墙吧。

惠美的手工陶器也制作得很漂亮。

但对惠美来说，保温瓶与坂本之间的关联性，却成了一道不解之谜。

“对霞美和学姐成为好朋友，我，并不觉得有什么。”惠美对霞美说道，“因为我也想要个姐姐呢。”

霞美沉默着。

“不过，总觉得坂本很可怕。她身上有不少谜团，罩着一层灰暗的阴影。”

“你是指保温瓶的事儿？”

“是的。为什么坂本会有那个保温瓶呢？真是百思不得其解。”

对此，霞美也点点头，说道：

“就像是魔法师的魔法瓶呢。”

“是吧？哲男算老实的，倒还罢了，要知道，保温瓶底部刻着叔叔名字的首字母呢。”

“可也不会是坂本偷的吧。”

“不过，毕竟是坂本提供给义卖会的呀。霞美，你不要再和她进一步交往了，我讨厌这样。你也不要再给她写信了哟。”

霞美有些惊慌失措，脸也红了。

与容子的书信来往，原本是个秘密，可惠美怎么会知道呢？霞美感到很不可思议。

（这也像是魔术师的魔法瓶呢。）

说来，从义卖活动那天开始，容子似乎一直都在回避着霞美。

（本来已和容子约定好，等她去修学旅行时，自己要去送行的，可这下该怎么办呢？）霞美犹豫了。

（约定总归就是约定啊。）霞美去给容子送行，而容子则从旅行目的地给霞美寄信来，这是她们俩很早以前就约定好的。

于是，霞美在塑料袋里装上各种糖果，拎着它去给容子送行。

在火车出发前的漫长时间里，送行的人也不停地在车厢里上上下下。在吵吵嚷嚷的学生们中间，容子的身影显得格外醒目。

她在劳动布的裤子上套了一件红色毛衣。

霞美没有靠近火车，而是倚靠在升降口的栏杆上，等着容子先看到自己。

但就在和容子四目交会时，容子冷漠地避开了，那神情就像是在说“不认识”一样。

（看来，我不该来。）

霞美陡然变得忧伤起来。

发车时间追近了，送行的人和被送行的人被隔离在了车厢内外。正当众人开始安静下来时，容子突然转过身，跑到霞美身边，说：

“你还是来送我了。谢谢。我会给你写信的。而且，肯定是封长长的信呢。”

跟通常的容子不同，那声音就像是打蔫了一般。

霞美把装着糖果的袋子递给了她。

“霞美，你从你的好朋友那里，什么都没听说吗？”容子用充满忧郁的眼睛注视着霞美。

但因为发车的汽笛拉响了，所以，霞美没有听清容子说的话。

“看到你的脸，心情稍微好些了。”容子说道。

火车开动了。

在伸出窗口使劲挥动着的众多手臂中，只见容子一边看着霞美，一边渐渐远去了。尽管惠美说了那些事，但霞美还是觉得，容子绝不是坏人。

寂寞的兄妹

挚——友

坂本容子出于逞强的天性，即使在义卖会的保温瓶事件时也毫不示弱，还抢白了哲男和惠美一顿，可事实上，她却是外强中干。

如果不虚张声势，她差点就要猝然倒下了。

当哲男说到保温瓶的时候，她回敬道：

“哎，失礼失礼。这可是很早以前就在我家的东西呢。”

话虽这么说，她心里却“咯噔”了一下。

（莫非是哥哥……）

容子有一个名叫郁夫的哥哥。

到去年年末为止，容子都没有和这个哥哥住在一起。

容子的父亲是个军医。

在大战开始后的第二年，母亲和容子去了父亲工作的“满洲”。

哥哥郁夫则留在了东京。在位于庶民住宅区的家中，郁夫与奶奶和爷爷住在一起。

只有还无法离手的容子被母亲带到“满洲”去了，所以，母亲对奶奶说：

“只是很短暂的分别罢了。不到一年，我们又可以生活在一起了。”

对此，没有任何人怀疑。

但不久，“满洲”与东京之间的书信往来变成了有来无往的单方面书信。无论从“满洲”寄多少信到东京，东京的奶奶和爷爷都杳无回音。

战争日益恶化的局势让父亲忧心忡忡，于是他让母亲和容子回到了东京。这才知道，位于东京庶民区的家已在空袭中被焚烧殆尽了。

爷爷、奶奶和郁夫的去向也不得而知。

从到达东京的当天起，母亲就像疯了一样，到处寻找父母和儿子。

那以后，更是祸不单行。可怕的空袭从不间断，甚至连食物都非常匮乏。

而战争结束后，还来不及喘口气，容子就听到了父亲战死的消息。

即便在那些痛苦的岁月中，容子也顽强地长大了，并进了小学。

母亲在好友的劝说下，带着容子再婚了。

那时候，也是从原来家附近的邻居那里听说，爷爷奶奶是遇到空袭而去世的。

但似乎唯独郁夫活了下来。

每天晚上睡觉前，母亲都要祈祷一番：

“如果能见到郁夫，就算让我折寿五年、十年也在所不惜。”

母亲的祈祷也经久回荡在容子的耳畔。

邂逅

挚——友

郁夫还活着，过着不可思议的日子。

空袭那天晚上，在大火中逃跑时，郁夫与爷爷他们失散后迷了路，但所幸被不认识的叔叔救了出来。

他毫发无损地逃离了东京。

在海边一个安静的村子里，他和那个叔叔在一起生活了两三个月。

战争结束后，叔叔在一个大箱子里装满鹧鸪草的驱虫剂，带着郁夫到各个街市和繁华地段去兜售。

郁夫成了叔叔做生意时的囮子。所谓囮子，就是假扮成客人来拉客的角色。

叔叔在城市的空地上或者车站附近，也就是人群容易聚集的地方，放下背上的药箱，摆成一个地摊，就像是跟一个完全不认识的孩子搭讪一般，叫着“喂，少爷”，来招呼着呆立在一旁的郁夫。

“少爷，您叫什么名儿呀？嗯，是个好名儿呢。不过，您脸色可不好哟。不会是肚子里有虫吧。日本人肚子里都是有虫的。要知道，被这个虫夺去生命的人，每年有三万三千六百再加五十……虫子可怕着呢。有没有虫子，只要舔舔这张纸，立马就能见分晓。一旦沾上有虫之人的唾液，这张纸就会变红。来吧，少爷，来试试这张纸吧。”

郁夫一舔叔叔拿出来的石蕊试纸似的东西，纸的颜色顿时就红了。

“瞧啊，这可了得。少爷的肚子里有好多蛔虫呢。只要一喝这个药，虫子就会死掉，全部跑出来的。这第一次就白送您好啦。早点回家去，让妈妈给您喝。”

在叔叔喋喋不休地继续说着时，郁夫躲了起来。

“瞧，我就是喝了这个药的，所以，试纸是蓝色的。红色表示危险，蓝色表示安全……如此简单的实验，谁都可以做的。”

靠着这种欺骗小孩的鬼把戏，驱虫剂很快就销售一空了。

尽管郁夫从没有被饿着，但也从没在某个地方停留下来，而是在各个城市和乡村辗转流浪。当然，也不可能去上学。

名叫下山五平的叔叔或许并不是一个坏人吧，但在四处行骗的过程中，郁夫也不知不觉间成了像是玉石有了瑕疵的那种少年。

时隔五六年再回到东京，复兴的大都市对郁夫来说，是那么炫目刺眼。

在早已推出新型驱虫剂的东京，估计那种陈腐的鹧鸪草肯定无人问津了。五平叔叔就另辟生路，购进了所谓包治百病的特效药——蛇药，在浅草、池袋、涉谷等大街上设摊摆点，吸引了很多人来围观。

郁夫继续当他的囮子。

因为是只有不下雨的白天才能做的买卖，所以，郁夫就想去上个夜校什么的，但因为过着居无定所的动荡生活，辗转于各个寒碜的旅店，根本稳定不下来。

尽管如此，让叔叔引以为豪的是，不知不觉间郁夫还是学会了阅读报纸和杂志，也能写信了。

郁夫穿着学生服，在脸上化装成有伤口或粉刺的样子，混迹在人群中。

叔叔脚下盘着一条蛇，阻止人们靠近他。

叔叔让这条蛇咬住自己的胳膊，随即涂抹上引以自豪的药膏。

所谓毒蛇不过是骗人的，事实上，那只是一条被拔了毒牙的菜花蛇。

“喂，那个小哥，哦，原来是个可爱的中学生呢。可要是受了伤，或是长了粉刺，那就太可惜了。用这个药擦来试试看吧。不留痕，无疼痛，轻轻一擦就见效。各位看客注意啰，看得太出神，钱包会被盗哟。可就算是被盗了，也怪不了我呢。千万小心哟！”

叔叔这样说着，为的是逗看客发笑，而不知不觉间，郁夫已学会了去偷摸那些看客的东西。

听到人们惊慌失措地大叫，郁夫觉得自己的不满已得到了发泄和抚慰似的，换言之，郁夫的脚已踏进了很荒谬的恶的入口。

去年春天，正值樱花开始飘零的时候。

五平在道玄坂的空地上招揽客人。

“那边的少年，请您朝前一步，好吗？请问，芳龄几许？瞧，脸上有青春痘呢。虽说眼下是春天，可青春痘看起来还是很猥琐。不过，那点青春痘根本就不算什么。用了我的特效药，马上就能药到痘除。不要钱，白给你祛痘呢。作为交换，请问‘你的名字’？”

五平说起话来口若悬河，不仅带着春天的季节感，还把人气电影的名字也巧妙地穿插其间。

郁夫一副轻蔑的表情，回答道：

“坂本郁夫。”

“郁夫，郁夫。”这时，一个女人大声叫喊着，穿过拥挤的人群，颤抖着紧紧抓住了郁夫的手。

原来是他的母亲。

事与愿违

挚友

从那个幸福的日子开始，郁夫和温暖的母亲与妹妹，在时隔九年后又重新生活在了一起。

“郁夫，这都是妈妈祈祷的结果。郁夫，你也来感谢神灵吧。”

听妈妈这么一说，郁夫抢白道：

“什么神灵呀？神灵干吗要撂下我九年之久？如果有神灵存在，那干吗还会有战争？”

郁夫习惯了与叔叔过那种吉卜赛人似的颠沛生活，反倒不习惯老老实实地待在家里，觉得不自由。再说，现在的父亲也是一个生人，所以，总有一种茕茕孑立的孤独感。

更何况，这个家也不那么干净整洁。

学校里有传闻说，容子的母亲是酒吧的老板娘，父亲还另开了一家柏青哥游戏厅。尽管这些传闻并不完全可信，但其父亲经营着酒吧和柏青哥游戏厅这一点，也绝非空穴来风。

“如果是柏青哥，我倒是很有自信。”郁夫对看守游戏厅跃跃欲试。

一旦真的上了曾经那么向往的学校，也发现并没什么意思。不如说老师的好心劝告反倒平添了他的逆反心理。

他甚至故意旷课，坦然地做一些伙伴们也有所忌讳的恶作剧来吓唬大伙儿，摆出一副小流氓的架势。

在多摩川，把妹妹的朋友惠美的衣服藏起来的，也是郁夫。

把哲男的保温瓶偷走的，也是郁夫。

“这是从一个有难处的人那里买来的，你就拿去义卖吧。”他撒了这样一个谎，把保温瓶交给了容子。

当时，容子相信了他的话，根本没有怀疑。

直到被哲男质问保温瓶的来历，容子才恍然大悟，想到了哥哥的坏毛病。

也正因为这样，她反而在哲男和惠美面前强词夺理了一番，可内心却充满了对哥哥的愤怒，以及想要庇护家人的爱。

她琢磨着，等义卖现场的任务一结束，就立马赶回家里，质问哥哥那个保温瓶的来历。如果哥哥含糊其词，自己一定要坚决告诉他：

“我瞧不起你。真的瞧不起你。没法把你看作我哥哥。你那样，根本就不配做我哥哥。”

自己之所以毫不示弱，反倒强词夺理，或许是骨子里有几分像郁夫的缘故吧——想到这里，容子就更是难以忍受。

因为郁夫的不良行为，原本风平浪静的父母之间也产生了裂痕。

容子也对自己一直寻找的哥哥大失所望。但毕竟是自己长期以来做梦都在想着的哥哥，又不能不转念想道：

“如果我是跟哥哥同样的遭遇，肯定也……”

郁夫并不是讨厌现在的这个家，也并不觉得与五平叔叔的流浪日子就好，只是不知道该如何是好，从而难以遏制住内心的作恶欲望。

容子想，自己要把这些事也写进从修学旅行地寄给霞美的信中。

少女弗兰西斯

挚友

容子因保温瓶的事儿，狠狠地骂了郁夫一顿。

“尽管我坚持说，这是我家老早以前就有的东西，但如果她们去跟老师告发了，那我就羞愧得学校也不敢去了。都怪哥哥这个浑蛋。”

郁夫无言以对。

“哥哥根本就没有良心。”

“怎么没有。”

“哪有啊。”容子瞪着哥哥说道，“偷人家的保温瓶，你不觉得自己坏吗？”

“也觉得呀。”

“明知不对，干吗还要让我拿到学校去？”

“又不可能还回去了，所以就琢磨着，还是拿去捐给学校好啦。”

“这想法本身就很荒唐。让妹妹把自己偷来的赃物拿到学校去义卖，这不是比偷盗本身更可恶吗？大凡有良知的人，都做不出这种事儿。你是想陷害你妹妹不成？”

“才没那种想法呢……”郁夫有些气短了。

“哥哥也绝没想到，保温瓶的主人会到义卖会上来吧？”

“是的。”

“所以说，坏事迟早会败露的。”

“说来也是吧。”

“哥哥真是个没有出息的胆小鬼。如果是强者，怎么可能做出这种可耻的事情呢？”

说着，容子万般懊丧地哭了起来。

郁夫最喜欢的就是容子了，看见她一哭，顿时如坐针毡，连声道歉道：“错了，我真的错了。”

“哥哥，你再也别做这种事了，好吗？快发誓。”

“我发誓。”郁夫紧握住容子的手，稍微摇了摇。

“我相信哥哥心底是善良的，是认真的。”

“谢谢。”

——当郁夫被母亲从涉谷的道玄坂上带回来时，容子说了一句：

“你就是郁夫呀！我都忘了是从什么时候起就在等着你了。”

说着，她用与生俱来的严厉目光一直盯着郁夫看，然后再也不说什么了。

郁夫喜欢这种干净利落的爽快感觉。于是，容子成了郁夫最喜欢的人。

郁夫讶异于母亲那种深深的爱，同时又觉得是个累赘。

母亲试图把寻找九年才失而复得的儿子培养成典型的中流少年，而第一步就是改变他的装束。

然后，又给他雇了一个家庭教师，希望他能赶上被耽搁的学业。

母亲把郁夫不安生的原因归咎于与五平叔叔的那段生活，所以，尽量不准他提起那些四处辗转的日子。

当郁夫茫然地眺望着天空时，母亲就会叫唤道：

“郁夫！不要去想那些无聊的事儿。赶快学习吧。”

要不，就打发郁夫去办事。

唯有容子喜欢听郁夫聊那些浮萍般四处流转的生活。

“哥哥，要是当时你记了日记该多棒啊……”

“即便没有记下来，但那些可怕的事儿、快乐的事儿，我都是不可能忘记的。”

只有与容子单独相处时，他才会悠然地说起与五平叔叔的流浪生活。

五平从郁夫的母亲那里得到了一笔抚养费后，对郁夫说：

“长期以来，辛苦你了。你要保重哟。”

简短地说完后，他就转身离去了。看见他年迈的背影，郁夫不禁想：

（从今以后，他就是独自一人四处流浪了吧……）

想到这里，郁夫顿时感到无比凄凉，依依不舍。

五平叔叔经常出现在郁夫的梦里。多年以来两个人一直相依为命，颠沛流离，所以，这也是理所当然的。

郁夫跟母亲和继父总是亲近不起来，反倒很怀念五平叔叔。考虑到这种情形，母亲说道：

“其实，美国也有类似的事情呢。”

母亲讲起了也是父母与还不懂事的孩子不幸失散的故事。

那是在美国独立战争时代。一个叫弗兰西斯的少女在父亲出征期间，与母亲、哥哥们生活在一起，却被土著人抢走了，从此行踪不明。

父亲战死，其中一个哥哥也因病去世了。

世道太平后，母亲为打听弗兰西斯的下落，十年间从城市到乡村，从荒野到山路，从土著人的市场到他们的部落，四处寻访。

有一次，从贩卖纺织品的商人那里听说，在印第安纳州土著人部落的某个大家族里，有一个做女佣的白人姑娘，据称那孩子是从某个地方带来的。母亲想，那肯定是弗兰西斯，于是就赶到印第安纳州，到了一个名叫洛甘士·波特的城镇。请当地官员一调查才知道，那个白人姑娘就在离当地有十二英里的土人部落里。

于是，政府马上下达了传唤那姑娘的命令。一个白发老酋长带着侍从和一个十五六岁的少女骑马而来，老酋长头上还装饰着长长的羽毛。少女也是一身花里胡哨的土著打扮，脖子和胳膊上戴满了玉饰。

少女连英语也不会说，交流中还需要翻译。听酋长说，少女是从名叫萨斯奎哈纳的河边抢来的。这么一说，那肯定是弗兰西斯了。

但少女见到母亲，却毫无所动。倒是酋长可怜母亲的遭遇，决定当夜留下少女跟母亲在一起。但少女貌似更想和酋长一起回去。

和少女单独在一起，母亲拼命地试图让她回想起小时候的事情，但少女连弗兰西斯这个名字都忘记了，而彻底变成了有着斯特西这个奇怪名字的土著人。

母亲因悲伤和怜爱而痛哭流涕，又因太过荒诞而失声苦笑。而少女则一直战战兢兢，心绪不宁。

她也不怎么开口说话。在少女身上似乎无法萌生那种所谓母子间的羁绊、渴慕、眷恋等情感。

第二天，酋长来接她回去。她兴高采烈地跑着离开了。

母亲哭着，不忍惜别。但母亲还没有放弃，第二天，她又拜托翻译，自个儿骑着马去了土人的部落里。

在圆木小屋前，酋长正在磨一把大刀，少女则在给花草浇水。

母亲抱住少女，连声说道：

“你是我的女儿呢，你就叫我一声妈妈吧。只为这一点，我就算死在这儿也别无遗憾了。求你了，叫我妈妈，和我一起回家去。”

但少女却一脸困扰的表情。

翻译对母亲说道：

“也许这少女不是你的孩子吧。如果是真正的母女，无论多久不见面，多久不说话，你这样对待她，她也总该有某种感应了吧。也许你的孩子正在别的某个地方好好活着，不久就能见到了吧。即使你把这孩子勉强带回家去，如果还是这样，那有什么意义呢？”

“也许您说的是对的。这孩子在这里长大，对这里的一切心满意足，感到很幸福吧。所以，我就祈求她今后也同样幸福，与她告别吧。”

说完，她蹲进花丛里，抱住少女，一边抚摸着她的头，一边唱起了祈祷和赞美之歌。那是过去哄弗兰西斯睡觉时，在她耳边反复吟唱的曲调。

少女的双眼一直注视着母亲。

而且，就像如梦初醒似的，又像是在进行确认一样，从她嘴巴里发出了令人怀念的声音：

“妈妈。”

这个故事打动了郁夫的心。他追问道：

“后来，弗兰西斯怎么样了？”

“和母亲一起回家，成了一个乖孩子。这和郁夫的身世很像，对吧？”

不过，郁夫在学校里也同样缺乏自信。

他开始逃数学和英语课了，总是期待着，不等轮到自己答题就响起下课的铃声。这样一来，成绩不好也是顺理成章的了。

重蹈覆辙

挚友

因保温瓶事件遭到最亲近的妹妹容子的斥责，郁夫虽然打心底认了错，但事后还是落寞得不得了。

那天夜里，母亲说道：

“郁夫啊，能够把你找回来，仅此已让我感激不尽了，还要再希望你如何如何，那就是奢望了。我只希望你是一个健康而幸福的人。可要是净给人添麻烦，或是内心阴郁，那是不可能健康和幸福的。”

母亲这么说并不是在责备保温瓶事件，因为她对此一无所知。

但郁夫却忍不住怀疑，是容子告诉了母亲吧。

（跟我说得那么好听，背地里却……）他开始憎恨容子，觉得一切都是那么无聊。

他走出家门，在热闹的大街上溜达着。走着走着，他突然害怕起回家了，就索性借宿在了朋友家里。

那个朋友因战争而失去了父母，如今和哥哥相依为命。

哥哥是一个做坐垫和床垫的工匠。

因为没钱雇人，就只能使唤弟弟。所以，这个叫作清二的弟弟就经常旷课，不过，和郁夫倒是意气相投。

在借宿的第二天早晨，郁夫也被叫来帮工，负责拆除垫子的内瓤，扯下外层的旧布，空气中很快就飞扬起肮脏的尘埃。尽管工作的场地很大，却胡乱地堆满了各种等待翻新的破旧椅子。

清二一边干活，一边故意搞怪地闭上眼睛，跟郁夫有事没事地聊着，所以，郁夫觉得在这里比待在家里要自在得多。

傍晚，干活一结束，他就和清二出去喝酒。但对郁夫来说，夜晚喧闹的街道已不再像以前那么快乐了。有时候，他甚至怀念起曾觉得无聊的家，脑海里浮现出母亲和妹妹的脸庞。

郁夫离家出走后才意识到，自己已不同于和五平叔叔四处流浪的那个时候了。

为了安慰闷闷不乐、一声不吭的郁夫，清二说：

“我哥是个大大咧咧的人，只要帮他干活，无论你待多久，他都不会说好歹的。”

清二一直是郁夫恶作剧时的同伴，所以，郁夫向他坦承了保温瓶的事儿。

“什么？是跟你妹妹同一个学校，还相互认识的人啊？这可太尴尬了。要不，我们找到那个女孩子，威胁她，不准告诉老师和其他朋友吧。”

郁夫已经在清二家待了四五天。

（还是老老实实地认个错，回母亲那里去吧……要不，去找五平叔叔，再和他一起去流浪？）

郁夫犹豫不决。

如果是回家的话，得找个什么好的契机。要不，后果是很可怕的。可要是去找五平叔叔的话，到哪里去才能找到他，这可是一大难题。

虽说如此，某日，郁夫还是独自漫无目的地来到车站，买了张车票后，就沿着东京车站的楼梯向上爬去。

车站的月台上，已经停靠着好几列长长的火车。在郁夫爬上去的月台上，集结了好多个修学旅行的团体。

对郁夫来说，学校是一个沉重的话题，但这里却呈现出学校生动而快乐的一面，以至于郁夫好生羡慕，恨不得跟随这些人一起去旅行。

在修学旅行的人群中，郁夫发现了妹妹容子的身影，惊讶得赶快躲在了人群背后。

正好是容子从车上跳下来，与霞美说话的时候。

郁夫依稀记得霞美的脸。

（装着鲈鱼的保温瓶……）那一幕又闪现在郁夫的脑海里。

他把霞美认成了惠美。两个人长得那么像，认错人也正常。

霞美送走容子后，一个人朝另外的月台走去。郁夫悄悄尾随在她身后。

（上前去跟她道个歉吧。就说我妹妹对保温瓶的事儿并不知情。从此以后，我到哪里都不再做坏事了。）

郁夫怀着很庄严的心情，为了不跟丢霞美，也上了霞美乘坐的电车。

“妈妈！”

郁夫在心里呼唤着母亲，有一种想哭的冲动。这是郁夫生平第一次怀念起母亲，同时又感到一阵心虚。

少女下了国铁，换乘到私铁上。

就在郁夫也跟着走下阶梯时，身后传来一阵叫喊声。

临时拐杖

挚友

“小偷！”

“小偷！”

这声音让郁夫大惊失色。

“就是他。就是那孩子。”

郁夫慌忙跑下了阶梯。是的，他想逃跑。

他的本能反应是，有人在追自己。

但没有人追赶过来。

他如释重负，回头一看，追赶的人顺着楼梯跑了上去。

可郁夫分明是往下跑的。

“啊，太好了。”郁夫刚一这样想，随即又否定道，“我这是干吗呀？我什么坏事也没做呢。”

而且，郁夫看见了那个往上逃跑的孩子的身影。原来，自己压根就用不着逃跑。

（如果一逃跑，我也会被怀疑的吧。）

为了平息怦怦直跳的心脏，郁夫一下子坐在了月台的凳子上。

“刚才的小偷，肯定是个流浪儿吧。”

“是的。就像个流浪儿呢。”

“抓住了吧？”

“嗯。跑得再快，毕竟有那么多人在追他。”

听到月台上的人们七嘴八舌的议论，郁夫再也无法平静了。

因为郁夫被五平叔叔带着四处流浪时，也是个流浪儿。自己就曾趁看客们出神地看着五平叔叔的毒蛇把戏时，偷走他们的财物。就跟刚才那个被追赶的孩子一样，也是小偷。

（我，到底还是不可救药的吧。）郁夫感到一阵沮丧。

偷走别人的保温瓶，不也是小偷行为吗？

尽管是为了向那个保温瓶主人的少女道歉，告诉她，偷走保温瓶的人是我，容子什么也没干，自己才跟踪她的，可若是真的坦白了这件事，自己也会被抓起来吧。想到这里，他一下子害怕了。

之所以想跟那个少女道歉，其实是想跟容子道歉。

郁夫不想让妹妹容子冤负罪名，不想给她增添麻烦。

当学习上遇到困难时，容子就给自己买来号称“背诵秘典”的国语书，还耐心地陪着自己温习落下的英语课。

“哥哥。”

被容子这么叫着时的快乐一直弥漫在他心中。

打算把保温瓶事件告诉霞美的郁夫，内心是诚恳而严肃的。

就在郁夫因“小偷事件”的波折而心有余悸时，霞美换乘的私铁电车，已经驶出了车站。

（我到底是个不可救药的家伙呢。）郁夫再次涌起了这个念头。

在电车上快乐地乘降着的人们看来，唯有郁夫是个悲惨的另类。

郁夫就是因为跟家庭和学校都格格不入，才买了车票进站来的。

“五平叔叔。”郁夫因孤独无助而发出了这样的呼唤。

在郁夫看来，五平叔叔的生活反倒是优哉游哉的。

即使没有家，即使学习不好，也既不会成为别人的笑柄，亦不会感到无聊。

在随时变换的肮脏旅店里，听着同一些大人伙伴的嚷嚷声，郁夫睡得很安稳。

（这以后天气会越来越冷的，叔叔的腿脚会不会疼呀？）

五平叔叔患有神经痛。

郁夫受伤的时候，五平叔叔不是用他自己兜售的蛇药，而是买来美国一种名叫“伊格比林[①]”的新药给他涂上。

① 一种抗风湿类药品。——译注

尽管要找到五平叔叔的下落困难重重，但如果去向叔叔的伙伴们打听打听，没准有人知道也说不定。

（真想和叔叔再一起转悠啊。）

既然已经跟丢了是保温瓶主人的少女，那么，再换乘私铁电车，也就毫无意义了吧。就在他朝出口走去时，迎面走来一个人，和他撞在了一起。这都怪他脑海里一片空白。

“啊！”那个人大叫一声，打了个踉跄。

郁夫连忙用胳膊抱住那个人。

“对不起。”

原来那个人是个盲人。

撞到那个人时，郁夫无意中踢飞了他的拐杖。

“留心点，你这个浑蛋。”

一个年轻男人怒吼道。

郁夫拾起拐杖，放进盲人的手中。

那个年轻男人是出租车的司机。他说，他载着这个盲人乘客到这里后，正牵着他的手走向私铁电车的入口处。那口吻显得很有些不耐烦。

“没事的。我拄着拐杖，摸索着走过去就行了……”盲人乘客平静地拒绝道。

听到这柔和的声音，郁夫很想做点什么来弥补自己的过失。

“我来送这个叔叔到他要去的地方吧。”说着，郁夫挽住了对方的手臂。

“谢谢你的好心……你是要去哪里呢？”

“我吗？没有目的地。就去叔叔要去的地方吧。”

“没有目的地？”

那个人一副诧异的表情。

目的地

挚友

郁夫撞上的那个人，就是霞美的叔叔。

原来，森田叔叔为了适应突如其来的失明，每天都在循序渐进地练习着独自步行。

今天他打算去霞美家，试着搭乘过去熟悉的电车。

或许是晴朗秋日的浓浓暖意激发了叔叔外出的决心吧。

即便如此，叔叔还是感觉到，这个因意外事件而搀扶着自己的少年手上，有着某种哀伤正传递到自己的胳膊上。

叔叔询问了对方的目的地之后，说道：

“我可以去前面车站打车的。你就不用客气，甭管我好啦。”

“说了送你的，就送你。”

郁夫扶着叔叔，下了阶梯。

电车貌似才刚刚驶出不久，只见月台上人影寥落。

郁夫让叔叔在凳子上坐下，说道：

“真是个好天气。叔叔，你知道，路上有带着气球的小孩和穿着漂亮和服的女人吗？”

“我是盲人呢。”

“那些人好快活的样子。可能是刚玩耍过后，正走在回家的路上吧。”郁夫高兴地说道。

“你跟着我来，真的不要紧吗？给你添麻烦了。”

“也算不上什么大麻烦。”

“你真是个好人呢。在上高中吗？”

被人问起学校，是最让郁夫头疼的。

不过，因为对方是个眼睛看不见的人，所以，郁夫有点讨厌似的皱着眉头，换了个话题：

“叔叔是从什么时候失明的呢？”

“也就是最近呢。从今年八月末的时候吧，完全看不见了。突然失明，感觉真是糟糕透顶。”

“叔叔有小孩吗？”

“有的。是个比你稍微大点的孩子。”

“你知道我年龄？”

“按满岁来算，不就是十六七岁吗？”

郁夫吃了一惊，甚至怀疑，这人是不是能看见呀。

这时，电车进站了。

这里是私铁的终点站，所以，乘客们全都下车了。

“是一辆崭新的电车呢。”

“啊，叔叔，你是靠涂在电车上的颜料气味来推断的吧。”

郁夫占了个靠窗的好座位，一边看着窗外，一边说：

“车厢里张贴了好多广告画呢。比如，欢迎光临满是红叶的日光。欢迎观看动物马戏。另外，还有百货公司的广告呢，一、二、三……一共有七张呢。”

郁夫随口说的话，却让叔叔很高兴。

不一会儿两人就下了电车。郁夫牵着叔叔的手，按照叔叔说的，走上了一条热闹的街道。道路两侧是清一色的店铺。

“对不起，你就在那家店里给我买个蛋糕吧。因为我看不见，你就挑一个你看起来好吃的，价钱在三百日元左右的。”

叔叔把钱包交给了郁夫。

“蛋糕店嘛，靠鼻子就知道好坏的。”

“不，我可是来过无数次，对这一带了如指掌。”

郁夫走进店铺，一看见橱窗里那个漂亮的蛋糕，肚子一下就饿了。

（这人是个盲人，就算拿着他的钱包跑了，他也不知道的。）

尽管郁夫心中的恶魔在这样嘟哝着，但他没有那么做。

带着店员包装起来的蛋糕盒，郁夫搀着叔叔的手，先朝左拐，然后又折向右面。

“就是前面姓田村的那家。是被树木包围着的一栋很暗的房子。要不，你也进去休息一下。不要紧的，对吧？”

房子里面传来了狗的尖叫声。

“我……”就在郁夫有点迟疑的时候，小小的格子门打开了。霞美走了出来。

“啊？”郁夫脚下一阵发软。

“哎？叔叔，你是走来的？”霞美走到森田叔叔旁边，抓住他的手，说道，“波奇，别叫了……这不是叔叔吗？”

波奇，还有鹦鹉伽比，在叔叔双目失明后，都托付给了霞美家。

意想不到的是，自己送盲人过来，居然到的是那个少女的家。郁夫大吃一惊，对保温瓶的事儿也自然难以启齿了。他甚至想马上逃走。

“陪你来的这位先生，是谁呀？叔叔……”

听霞美这么一问，他更是恨不得隐身而去。

“这个人呢，从国铁车站就搀着我，一路送我过来的。”叔叔对霞美说道，然后又转过身邀请郁夫道：

“喂，你也进去一下吧。”

与刚才相反，这次是郁夫被叔叔牵着手，走进了玄关。

（这样一来，就更难道歉了。）

不一会儿，霞美的母亲也走出来，把他们带进了房间里。

就在郁夫手足无措的时候，霞美穿上可爱的围裙，麻利地送来了茶水。

霞美的母亲被郁夫的善良所感动，不停地道谢。

“对了，还没问你的名字呢。你叫什么？”母亲问道。

“坂本。”

“家在哪里呀？”

被霞美的母亲一问，郁夫突然不知该如何回答了。

郁夫是离家出走的，自以为已经舍弃了那个家。

郁夫用手抚摸着不再认生的波奇的头，内心竟涌起了一股暖流。郁夫真想把一切都说出来。

从刚才起就被戴上了“好孩子”的高帽，这下反倒胆怯了。

“我，因为是离家出走的，所以不想回家。”

“为什么？”

郁夫的回答让叔叔吃了一惊，随即把看不见的眼睛转向了郁夫。

“不为什么……我得到一个认识的叔叔家去。所以，我这就失敬了。”

“喂，等等。摸着你的手，我感到其中有一种忧伤。”

“红茶来了呢……霞美！”母亲连忙叫唤道。

“有母亲吧？”

“有的。”

“父亲呢？”

“有妹妹。”

这时，摆放着红茶的霞美嘟哝着，问道：

“不会是坂本容子的哥哥吧？”

郁夫用不良少年似的眼神瞅着霞美。不管霞美说什么，郁夫都打定主意马上从这个家里逃出去，并已欠起了半个身子。

“跟容子长得很像，再说又姓坂本，我寻思着，如果是她哥哥的话，那该多好。容子好像也很牵挂哥哥呢。今天出发去修学旅行时，还说到了哥哥的事儿呢。”

郁夫把头扭向一边，弯着手肘，把脸贴在手臂上，强忍着不哭。可最后还是发出了窒息般的哭声。

课外小组

挚友

夜晚突然凉了起来。

“下雾了。好大的雾啊。”

霞美就像小狗一般欢呼雀跃。

“白昼的温暖空气，因为无法逃遁，就变成了雾。”母亲说道。

森田叔叔和因为担心他而前来接他的哲男，还有郁夫，就这样意想不到地聚在了一起，并决定一起回去。

“送你们到车站吧。”

打开玄关的门时，霞美看见了外面的浓雾。

“被雾打湿了，染上感冒可不成，你就别去了……”叔叔阻止道。

这是一场就连盲人叔叔都能感觉到的大雾。

“没关系的。因为我是霞美呀。春天的霞和秋天的雾很像，对吧？”

“霞美，你说得真好。”哲男笑了。

“回来的时候你可是一个人哟。三米之外都看不见，很危险的。”母亲也阻止道。

“我还想到惠美家去呢。想早点见到她，跟她说说话。”

“不行不行，这么夜深人静的……”

霞美想把今天发生的事儿早点告诉惠美。尽管明天早晨也能在学校见面，但此刻却有一种急不可待的感觉。

但最后她还是乖乖地打消了念头，朝三个人的背影告别道：

“再见哟。”

“再见！”哲男回答道。

“叔叔，你可要保重哟！”

霞美这么温柔地对叔叔说话，这还是第一次。

“谢谢。”

只能听见叔叔的声音，而三个人的背影已被吞没在了浓雾中。

霞美对叔叔还从不曾像今天这样满心温柔，也从没有像今天这样，强烈地感觉到叔叔和哲男是好人。

而且，她对大人这种存在也产生了深深的敬佩。在因懊悔、羞愧和落寞而失声痛哭的郁夫面前，叔叔真的是太善良了。

“我年轻时作为国外旅行的纪念品而买回来的保温瓶，时隔多年以后，又去你那儿旅行了一趟。多亏了这个保温瓶，你也变成了一个好孩子，再也不会去当流浪儿了。”叔叔当时还这样说道。

当霞美的母亲端上热腾腾的料理来时，郁夫也恢复了少年的模样，用明朗的声音说着、笑着。哲男来了之后，为了不让他们俩为这场意外的邂逅惊慌失措，霞美对哲男说道：

“这位，你认识吗？”

然后，霞美忙不迭地讲述了今天发生的一切。

最初哲男还将信将疑地盯着郁夫看，也很少说话，但不久就敞开了胸怀。

郁夫的肚子也饿了吧。

“那我开动了。”郁夫说着，低下头，大模大样地吃了起来。

“我觉得，如果是这样的家，还是有的好……”郁夫红着脸说道，“我呢，在家净被训斥说不懂礼貌，在学校成绩又不好，只好在街上无所事事地东游西逛，结果就干下了坏事。”

“让我当老师来辅导你吧。到我家来住上一阵子，怎么样？我们家可没有人来训斥你。”哲男说道。

“我呢，可以当叔叔的向导。”

郁夫诚恳而又害羞地低下了头。要从这里回自己家，他还有些犹豫不决吧。最后决定，由霞美的母亲去郁夫家，向肯定还担心着他的母亲通报情况。

至于修学旅行回来的容子，霞美说：

“就由我来告诉她，让她高兴吧。”

不用说，惠美也会大吃一惊的吧。

偷走保温瓶的人是容子的哥哥，却鬼使神差地来到了霞美家，成了一个好孩子。听到这些，善良而平和的惠美肯定会说：

“太好啦，太好啦。”

第二天，霞美在书包里塞满炒鸡蛋和紫菜便当，来到了学校。一见到惠美，她就使劲拽住惠美穿着毛衣的手肘，说：

“有重大新闻哟。”

“我也是。待会儿再讲哈……”

在惠美她们学校，从八点四十五到九点，是课外学习时间。

学生们要在课外学习时间里热议自己的希望，进行反省，交换意见，以及发表一周的预定项目。这段时间的教室总是闹闹嚷嚷的。

今天早晨一个代表委员汇报道：

“三年级的修学旅行成员，据说是在星期五二十一点抵达东京车站。星期六从十八点开始，将举行家长会组织的电影放映会。电影是《二十四只眼睛》和迪士尼动漫电影，预计在二十一点半结束。”

另一个委员则事无巨细地提出了注意事项，很具女性的特点：

“近来依旧有很多遗失的物品，希望大家相互提醒。比如，手绢、手纸、拖鞋、掉了纽扣的衬衫等。也希望大家注意服装的整洁。”

“本周跟上周一样，希望活动中要保持安静。”

“上课时，重复叫唤‘老师，老师’，像是在戏弄老师，给人感觉不好。就决定只喊一声‘老师’吧。”

“好的。”

“好的。”

有人在举手，有人在瞎起哄，直到窗玻璃上模糊地映现出老师的身影，整个教室才神奇地安静了下来。

转学

挚——友

尽管班主任老师经常祈祷自己负责的四十几位学生全都平安无事，但不省心的事情仍时有发生。

高田老师就从其他班的老师那里听说了种种不可思议的传闻，比如惠美去河边游泳，结果衣服却被不良少年藏了起来；义卖会上出现了偷盗来的保温瓶，出售人是三年级的坂本容子，而购买者则是保温瓶的主人，惠美的朋友，偷盗者则似乎是容子的哥哥。

这些传闻究竟源自哪里呢？保温瓶的事儿，惠美只告诉过母亲，而且母亲还特意叮嘱道：

“这种事儿在学校可不要乱说哟。”

高田老师开始点名道：

“安宅惠美。”

“到！”

高田老师一边在心里祈祷着，像惠美这样开朗而诚实的少女再也不要遇到什么波折，一边琢磨着，放学后找惠美问问情况。

高田老师的理科课结束后，霞美终于可以独享与惠美的时光了。因为天气晴好，学生们全都去校园的操场上了，教室里只有霞美和惠美两个人。

惠美一边透过窗户望着剪枝后不剩一片树叶的银杏树，一边听霞美讲述了事情发生的神奇经过。但作为多次深受郁夫和容子这两兄妹之害的人，惠美对郁夫是否真的能变成好人，还是有些将信将疑。

再说，惠美从一开始就对容子没有亲近感，也不喜欢容子那种过于炫目的美。

尽管不觉得自己是出于忌妒，但惠美确实对霞美与容子成为通信姐妹很反感。

“对了，惠美要说的新闻，是什么呢？”霞美问道。

“我呢，不得不告别了。”

“什么？”霞美大吃一惊，“什么告别不告别的，别吓唬我了……”

“是真的。父亲要调动到松江分社去，要过一年才能回东京的总社来。所以，还能见面的……并不是就此再也不见了。”

“就算这样，我也讨厌，讨厌呢。”霞美的眼睛已经湿润了。

“如果是一年，惠美不能一个人留在东京吗？”

“那怎么可以。一年转眼就会过去的。”

“肯定会回这个学校？”

“不出意外的话……”

“什么叫不出意外？讨厌。请你给我保证。”

惠美父母双全，还有几个弟弟妹妹，是在快活而热闹的家庭中长大的，所以，即便对和霞美的分别感到不舍，但对和家人一起到陌生的城市去一年，也不是没有期待。可一看见霞美的眼泪，她也不由得悲伤起来。

“每周，都会给你写信的。”

“不是每周，而是每天。对了，什么时候出发呀？”

“说是下周一就出发……妈妈正手忙脚乱地收拾行李呢。”

“哎？有那么急吗？”霞美仍旧心有不甘的样子，“松江，是哪个县啊？”

“是岛根呢。国语书上讲到小泉八云的时候，不是学了吗？”

“我脑子里迷迷糊糊的，什么都没法思考。”

“分别前，还是拍张合影吧。”

“嗯。真没劲啊。要不，你去我家住上一宿？”

“我妈妈也说，走之前，邀请霞美到我家去。”

“想必你妈妈很忙吧，还是去我家的好。”

说着说着，霞美也只好断念了。

“从四月算起，也才不过七八个月吧，可却感觉到，和霞美之间发生了好多好多故事似的。”

“我也是同感。还从没想到过，要与惠美分别。从明天起就该寂寞了，也许都不想再来学校了。”

“霞美和容子呢，因为有她哥哥的事儿，不是可以加倍亲近了吗？容子很看重霞美呢。肯定会有好多快乐的事情发生的。”

“容子明年就毕业了。年级也不同。同年同月同日生，什么都能推心置腹，这样的人除了惠美再也没有第二个了。”

霞美的脸颊上闪动着珍珠般的眼泪。

上课铃声响起了，闹闹嚷嚷的学生们走了进来。两个人必须回到各自的位子上了。

分别之歌

挚友

放学后，惠美被高田老师叫住了。

（会有什么事呢？）惠美思忖道。不过，她也正好要给老师说转学的事儿。霞美在图书室里等着惠美。

听到高田老师询问那天游泳时的事儿和义卖会上的事儿，惠美很是纳闷：究竟是谁向老师打的小报告呢？仿佛自己干了什么坏事似的，脸色变得通红。

“衣服很快就找回来了。至于保温瓶嘛，或许只是很相像罢了。”惠美说道。

“是吗？我正想，这些传闻好奇怪……”老师貌似陷入了思考，但一听说惠美因父亲工作调动而要转学到松江，老师也倍感意外。

“是吗？”老师目不转睛地看着惠美，“惠美不在班上，尽管我也会寂寞，但和你就像双胞胎的霞美，就更是落寞了吧。”

惠美回到家里，只见屋子里就像做大扫除一样，堆满了各种东西。

“回来得正好。帮我看着这些孩子。”母亲正为双胞胎妹妹的调皮捣蛋大伤脑筋。

“妈妈，点心呢？”惠美小心翼翼地问道。

“哪里顾得上什么点心啊。”

惠美把妹妹们带到庭院里，让她们坐在秋千上，而自己则在一旁摇晃着。

听着秋千上的金属发出摩擦声，霞美忧伤的面容又浮现在脑海中。

“妈妈，明年还会回这个家来吗？”

“或许吧。”

“‘或许’可不成。必须是‘一定’才可以。”

惠美说出了跟霞美同样的话。

（送点什么给霞美做纪念吧。）

过生日时父亲给自己买的派克笔，还有从像姐姐一样年轻的、惠美最爱的小姨那里得到的陶制芭蕾人偶……

每一样都是惠美珍贵的宝物。

她曾想，要把其中一样作为友情的象征送给霞美。

但突然又觉得，这样还不够。

正在这时，门打开了。霞美带着比刚才更精神的面孔，跑来了。

五色丝线

挚友

霞美一边平息着波涛汹涌般的喘息，一边说道：

“阿惠，听说你要去得远远的，我妈妈也很悲伤，搂着我的肩膀说：‘霞美，这下你就是一个人了，真够痛苦的。’”

惠美也不觉得自己去到遥远的陌生城市，能立马交上朋友。

与霞美亲密交往的日子尽管很短暂，但两个人的长相就跟双胞胎一样相似，以至于被眼睛不好的森田叔叔错认成了对方。

两个人是密友这件事，已是班上众所周知的事实，而且被大伙儿所乐见。

像霞美那样的少女，就算惠美打着灯笼到处去找，也不会有第二个。

“阿惠，阿惠。”母亲从窗口边叫着她。

惠美把弟妹们托付给霞美，走进了屋子里。只见母亲正戴着口罩，用纱巾包住了整个脸。

“瞧，找出来这样一个东西。就算打好包，也怕被摔碎的。就把它送给霞美，如何？”

母亲把一个玻璃瓶拿给惠美看。

只见透明玻璃瓶那鼓胀着的浑圆腰身里，有一个五色丝线缝成的小球。

“哇，好漂亮呀。球是怎么放进去的呢？”惠美好奇地打量着。

“很神奇，对吧？阿惠和霞美心中的友情，就像这个球一样，想跑也跑不出来呢。”

“我就这么告诉霞美，送给她。”

“好啊。”

“这东西，我们家什么时候有的呀？我可从没见过。”

“给小孩子看，很容易打碎的，所以就收起来了呗。以前这东西很流行，在里面放进线卷和人偶之类的。跟你一般大的时候，妈妈也是因为家里的变故从东京搬去了大阪，这是当时朋友送给我的临别礼物。”

惠美想，原来妈妈也有过相同的经历呀。能把这样有来历的东西送给霞美，让惠美好兴奋。

“妈妈的朋友？是我不认识的人吗？”

“是的。虽然近来没怎么来往，但以前我去大阪时也常常借宿在她家里，她也不时来东京什么的。结婚以后，我们还在继续往来呢。”

“就算我成了老太婆，也要和霞美好下去的。”

母亲笑了。

“妈妈，我想和霞美照张纪念照呢。可以去照相馆吧？”

“去吧，去吧。不过，今天可别玩哟。得让你帮帮忙呢。”

出发前得收拾行李和屋子，需要干的事儿堆积如山，感觉能和霞美在一起玩的日子已经所剩无几了。

霞美很喜欢那带有五色丝线球的玻璃瓶。而且，还得到了派克笔和芭蕾人偶，有点不敢相信的样子。

两个人有点害羞地走进了照相馆。

这是一家很明亮的摄影室。在贴着壁纸的屏幕前，她们坐到了小小的椅子上。

“眼睛看着这花附近的地方。”

听摄影师这么一说，两个人都有些滑稽地笑了。而按响的快门就正好停在了她们的笑脸上。

“好，再来一张。”

一走出照相馆，霞美就拽住惠美的胳膊，说：

“阿惠呀，你真的是我唯一的密友，是什么都不用隐瞒的朋友。就算你在松江有了新朋友，也别忘了我哟。”

“才不会忘呢。”

“我妈妈今天去坂本家，告诉她母亲关于她哥哥的事儿了。坂本母亲高兴得不得了，马上去森田叔叔家把她哥哥接了回去。”

“啊，太好了。”尽管惠美嘴上这样说，但在心里，唯独对坂本兄妹还存有芥蒂。

义卖会上容子留给她的印象，就如同暗斑一样，很难从惠美心里一抹而去。

在夏天的河边衣服被藏了起来，与哲男乘坐电车时又被偷走了保温瓶，当时所感受到的恐惧和不安是无法忘怀的。

尽管霞美希望容子兄妹幸福，这无可非议，但惠美还是为霞美捏着一把汗：

（霞美，你不要紧吧？）

“我母亲说了，星期天叫上阿惠，她要使出浑身解数来做蛋糕呢。一定要来哟。”

“太高兴了。我一定会去的。”

她们约定好以后，来到了分手的岔路口。两个人慢慢握住了对方的手。

惠美一家按照计划，乘坐星期一晚上的快车离开了东京，而不凑巧的是，恰好赶上进入十二月以后第一个刮风下雨的寒冷日子。

霞美没能站到火车门口的踏板上与惠美告别，甚至连车窗也没能打开。

车窗的玻璃，再怎么擦拭，都是雾蒙蒙的。

惠美昨天去霞美家告别时，专门叮嘱道：

“千万别来车站送我。哭了好难看。”

尽管如此，霞美还是和母亲来送行了。她的身影是那么令人怜爱。

粗大的雨点也打在了霞美的红色围巾上。她就那么站在窗外，一动也不动。

三封信

惠美连续坐了一夜一天的车，终于抵达松江了。

本想着马上就给东京的朋友写信的，但收拾新家需要她帮忙，而去学校又没有交通工具，得步行三十分钟，再说马上就是定期考试，还必须得用功学习。

另外，妹妹们初来乍到还没有朋友，也就成天不出门，惠美只得在家里陪着她们。

根本就写不了信。

倒是霞美的信先来了。

我的惠美：

你好吗？一看地图才知道，松江真是太远了，觉得好沮丧。

昨天，高田老师又把我错认成你了，害得我整个脑子里都装满了你，以至于老师在理科课上讲了些什么，我都迷迷糊糊的。是的，我是个坏孩子。不过，我是真的孤单得很。即便现在我像这样给你写着信，但我们俩却已不知何时才能见面了。一想到这里，就觉得太过分了。尽管难以置信，但这就是现实。即便定期考试开始了，也要相互通信哟。不然，我就打不起精神，根本无心学习。

早点告诉我你新家的模样，还有那边学校的状况吧。

照片已经洗出来了，随信寄给你。共有三张，一张我留下了，另一张坂本容子说非要不可，我就给了她。因此，信里也同时装着容子的信。

请别惊讶。

有消息要向你汇报。

容子他们搬进了惠美住过的家里。是昨天搬进去的。只有她母亲、哥哥和容子三个人。

学校的混凝土围墙已经开始修建了。“友谊之墙”的菊花花坛也被夷为平地，好可怜。

森田叔叔、哲男，还有我母亲，都向你问好。

你的霞美

惠美看到信封里的照片后，也打开了容子的来信。

信笺里夹着很大的三色堇干花，让人误以为那是人工的假花。尽管有些褪色了，但那种褪色却自有其别样的美丽。

惠美：

我死乞白赖地要了一张你们的照片，请你不要生气。

因我哥哥，多次给你带来了不快的回忆，衷心向你道歉。修学旅行回来后，看见哥哥回家了，我真是太高兴了。能与有着美丽心灵的人邂逅，这给哥哥点燃了内心的灯盏。我们母子三人这才过上了平静的生活。

不承想，我们搬进了曾是你们家的房子里，我觉得，这也是冥冥中的缘分。最为搬进惠美家感到高兴的，是我。

西式房间的柱子上还留着你和弟弟们比量身高的印记，我们兄妹俩也马上比了比身高。

哥哥是五尺五寸，我是五尺二寸三分——你那略低于五尺的身高标记，还有小妹妹们的身高标记，都是那么栩栩如生，给我们的新家增添了热闹的乐趣。

哥哥分不清你和霞美。

所以，我想在这个家里贴上你们俩的合照。希望他永远保有那颗向惠美道歉、向霞美致谢的心灵……

惠美，希望你也永远保持照片上的那种笑容，努力学习吧。

期待着你再回到东京的日子，并渴望到时再见到你。

容子

惠美马上开始了回信。

霞美：

看到你的来信，高兴得不得了。离开东京那天，冰冷的雨点打湿在你身上，我觉得好悲伤。

本打算到了这边后就马上写信的，对不起。我不知道从何写起。我转入的白梅女子高中属于木制建筑，除了本馆，还有四个校舍，有两个操场，一个是运动专用操场。一楼教室前面是各种花坛，校园角落上有个弓箭练习场，据说高中课程里就有弓术这一门。

最初我不知道，一直琢磨着，那种箭离弓的弦音和打中靶子的箭响究竟是什么声音呀？新家比东京的家要宽三间，石砌的大门也很有古色古香之感，我很喜欢。二楼望出去的风景也让人心旷神怡。不过，地处城市的角落，去学校得花三十分钟呢。著名的松江大桥是花岗岩建成的，已没有古老木桥的影子，大桥的一侧被焚烧后，建起了好些奇奇怪怪的西式房屋，大煞风景。已经与小泉八云在这里的时候大相径庭。不过，宍道湖还是美美的。也算是战后日本残存的令人怀旧的街道之一吧。

八云家旧址附近依然如故，让我爸爸很欣慰。

不管如何，首先是教科书不一样吧。每次考试，我都得借来同学的笔记，忙得一团糟，根本无心好好看风景。各种有名的日本糕点，我也还没有一一搞清楚。接下来，冬天的山阴地区大多是灰暗的阴天，会冷起来吧。

一开始读了你的信，我说不清是懊丧，还是落寞。或许是妒忌吧。说真的，对那个容子，我怎么都喜欢不起来。还有她哥哥，也让我心存恐惧，甚至毛骨悚然。可是，你却把我们俩那么珍贵的照片给了那个人。

不过，读完她的信，看见她夹在信里的三色堇干花，我发现，她也是善良的人。

她住进了我和弟弟妹妹们成长、玩耍、弄脏了的家里，这也让我有种近于害羞的不快感。我好羡慕霞美。在这边，我既没有可以成为好朋友的人，也没有姐姐似的人物。想必你能够理解我的心情的。尽管我并不总是对容子抱着坏心眼……

不知道该给容子写什么，所以，就请你代我向她问好吧。圣诞节前我会再给你去信的。你也是哟。

你亲密的惠美

礼物

挚友

圣诞节临近了，惠美突然好想念东京，有违于她开朗的性格，有时竟然拿弟弟妹妹撒气了。

这也难怪。

无论看向哪里，都是些陌生的面孔。即便考试结束后松了口气，也不可能邀约母亲到热闹的街市去，进水果咖啡店喝点什么，或是进电影院看点什么。

即便圣诞节临近了，也看不到东京街头那种漂亮的装饰或热闹的场面。到花店去买圣诞树，也不是枞树，而是罗汉松。

惠美一边和弟弟往树上放饰物，一边和小妹妹们唱起圣诞歌，但越是这样，对东京的怀念就越是极速地膨胀，差一点就要潸然泪下。

圣诞节与往常也没什么两样，静静地过去了。就在她给霞美写信的时候，突然，传来了女佣的叫声：

“小姐，你的包裹。”

只见女佣拿着一个细长的包裹来了。

因为松江家里很宽敞，所以就雇了个女佣。

“是霞美的礼物呢。”惠美忙不迭地打开来一看，是一个白色箱子。只见散发着银座气息的漂亮包装纸里，是一个红色的尼龙麂皮包。

圣诞卡片也很漂亮。

惠美的抑郁情绪一下子烟消云散了。

惠美：

圣诞快乐！

昨天公布了考试成绩。我只悄悄告诉你。是52名中的第17名。

所以，比上学期前进了两名。尽管和你没法相比……第一名依旧是奈良井那小子。

因森田叔叔生病，我昨天就来帮忙了。就像以前就经常认错我们俩那样，叔叔现在也常常弄错吧。每当表扬我善良时，我都不禁羞愧得缩紧了脖子。不过，我喜欢闹别扭的毛病不知什么时候治好了。或许是因为与容子哥哥的邂逅，还有与惠美的分别，都让我开始了思考吧。

因为被叔叔问到圣诞礼物什么好，我就说，想给自己（还有去了远方的朋友）要个手提包。于是，叔叔就给了我钱。我马上和哲男一起去了银座，买了两个配对的手提包。也许你不一定喜欢，但因为是配对的礼物，如果你能喜欢我就太高兴了。这是朋友的义务哟。

没准，我和母亲要到叔叔家，和他们一起生活了。而那对大家来说，也许都是一种幸福。寂寞的人聚集在一起，也许就不寂寞了。

这样一来，尽管同样都是在东京都内，但没准我也跟你一样，不得不品尝到转学的滋味。

期待着你早日回到东京来的日子。

即使相隔遥远，阿惠是我唯一的亲密友人这一点，也是不会改变的。

霞美

于一九五 × 年平安夜

特别收录

枞树的故事

挚——友

在轻井泽这个地方，有美国、英国、中国等各个国家的人的别墅。因为夏天也很凉爽，所以一到暑假，就有好多人来到这里，显得好不热闹。

正男在轻井泽的家位于一座山上。有一天，隔壁的英国人走过来，说：

“请砍掉你家庭院里的枞树，好吗？因为这两棵枞树，让邻居们很为难呢。

“一到打雷的时候，我就忍不住担心，雷会不会落在这两棵树上，所以害怕得不得了。雷是最容易落在枞树上的。要知道，这座山上长得最高的树就是您家庭院里的枞树了。所以呀，雷肯定会落在这两棵枞树上的。”

听到这么一说，正男的父亲也不知道该怎么回答了，但还是说道：

“不过，这两棵枞树可古老了，长在这里都已经好几百年了呢。几百年来，雷从来没有落在这两棵树上过，所以肯定没事的。”

“才不是那样呢。至今为止，也许雷是没有落下来，但谁知道什么时候会落下来呢？想到这些，每当打雷的时候，我就不由得心惊胆战。要是雷落下来了，您就会没命的。再说，邻居也很危险呢。求您了，还是把这两棵枞树砍掉，好让大家放心吧。”

正男的父亲很喜欢那两棵巨大的枞树，才特意把房子建在树下的，所以当然不愿意砍掉它们。再说，要把生长了几百年的古树砍掉，总有一种莫名的恐惧。

“我是和其他邻居商量过，才来请求您的。”英国人说道。

正男的父亲想了想之后，说：

“我认为，就算雷落在这两棵树上，人也不会有危险的。但如果大家真的那么害怕，那我就砍掉它们吧。”

“才不愿意呢，爸爸。请不要砍它们。要知道，鸟儿们怪可怜的。”正男大声地阻止道。

父亲点点头，说道：

“砍树这事，就请再等一阵子吧。在这两棵枞树的树梢上，鸟儿们筑了很多巢，这让孩子们好高兴。再说，小鸟们也很可怜呢。请等到小鸟们长大以后再说吧。”

“孩子们每天都爬这两棵树，可危险了。再怎么训斥，他们都不听。没有人受伤还算幸运的吧。”

英国人一边嘟嘟哝哝地抱怨着，一边回去了。

父亲站在庭院里，抬头望着两棵枞树。这么壮观的树，也要砍掉吗？它们的树干是那么粗壮，就算三个大人牵着手也围不住。尽管枞树不像杉树长得那么高大，却延伸出了带着蓝色叶子的长长树枝。

像平常一样，邻居家的孩子们都来了，开始爬枞树。听说要砍掉这两棵枞树，大伙儿都生气得不得了。

隔壁的英国小孩急匆匆地跑回家里，赌气地说：

“要是把枞树砍掉了，我就再也不来轻井泽了。”

还传来了他号啕大哭的声音。

“好的，我们都来帮你吧。”

正男他们聚集在一起，朝英国人家里走去。他们七嘴八舌地说道：

“如果砍掉了那两棵枞树，鸟儿们就失去了驻留之地，我们也没地方可玩了。”

“古老的树上栖息着日本的神灵呢。砍掉树的话，是会遭到惩罚的哟。”

在这么多孩子面前，英国人也束手无策，只好认输。最终，他笑了。

小鸟儿们飞出鸟巢，早晨齐声欢唱，夜晚则回到树枝上休憩。

雷并没有落下来。正男他们回到东京之后，那两棵枞树依旧笔直地矗立在秋日布满晚霞的天空中。

“请做一个像枞树一样心灵强大的人。”

想必正男又想起了父亲说的这句话吧。

（《枞树的故事》刊载于昭和十四年《小学一年级》12 月号）

名家解说

川端康成的少女情结与少女小说

挚——友

川端康成的《雪国》《古都》《千只鹤》等作品最早进入中国读书界是在 20 世纪的 80 年代，因其唯美的文字和新感觉派的技巧，还有东洋式的虚无色彩和冷艳的官能描写等，不仅风靡了中国读书界，也成为中国作家争相模仿的对象。而事实上，除了这些笼罩着诺贝尔文学奖光环的纯文学作品，川端还创作了大量面向中小学生的少男少女小说。比如，此刻读者们手中的这本《挚友》就分明在提醒我们，川端文学有着另一张常常被漏视的面孔：温暖，甘美，平易近人，满满的少女趣味。其中的主人公就是我们每天在门前的街角所遇见的邻家少女，不，甚至就是青春时代懵懂而美好的我们自己。

《挚友》于 1954 年连载于小学馆发行的《女学生之友》上，翌年出版单行本后便被埋没在了悠长的时光隧道中，以至于现代读者鲜有人知道它的存在。直到2017年由小学馆复刻后才重见天日，被誉为“幻影般的作品”，也是其创作的最后一部少女小说。通过《挚友》走进川端的少男少女小说世界，会发现那既是一个独立存在的瑰丽天地，又与川端康成的整个文学宇宙连成一片。换言之，对川端文学而言，其少男少女小说占据着相当重要的位置，还能从中寻觅到破解川端文学奥秘的钥匙。

一

日本评论家古谷纲武认为，川端的少男少女小说创作大致始于20世纪30年代后半叶，并持续了约10年之久，但作为具有少男少女小说特点的作品，则可以追溯到川端写于1928年3月的《山茶——致南国少女的信》、1929年3月的《班长的侦探》、1932年12月的《爱犬艾利》、1934年2月的《蔷薇之家》。而儿童文学作家打木村治更是认为，川端于1925年8月发表在《文艺春秋》上的《十六岁的日记》中，其实也凝聚着少年小说的要素。[1] 长谷川泉则在《川端康成的儿童文学》一文中，论及了川端康成的《美好的旅行》《蝗虫与金琵琶》《夏天的鞋子》《少女的港湾》《班长的侦探》《山茶》

① 参见日本《儿童文艺》1969年3月号。

《万叶姐妹》《花与小铃》等。而《蝗虫与金琵琶》和《白色的鞋子》（后改名为《夏天的鞋子》）等既可以被归入川端所擅长的“掌小说”的范畴，也具有少男少女小说的特点。这意味着，我们可以从川端康成的掌小说和《十六岁的日记》中去寻找其少男少女小说的原型。这些以少男少女为阅读对象的作品，被赋予了一种浓郁的青春色彩。其数量之多，在日本近现代纯文学作家中当数首屈一指。

除了纯粹的创作活动，川端康成还以另一种方式积极介入了少男少女小说领域。1939 年当他年届 40 岁时，与大宅壮一、坪田让治等人结成了“少年文学恳谈会”，并由中央公论社刊行了《模范作文全集》。同年 7 月，他又亲临日本女子大学进行有关作文的演讲，并从该年 1 月到 1943 年 11 月为止的近 5 年时间，参与了《新女苑》读者征文作品的评选，写下了大量的评语，还与藤田圭雄一起，在热海开展了“作文运动”。尽管这一运动因第二次世界大战时期的纸张紧缺而暂停一时，但战后不久，又于 1946 年 4 月再度复活。他与大佛次郎、岸田国士、丰岛与志雄、野上弥生子等组成了“红蜻蜓”会，发行了《红蜻蜓》杂志，并积极参与《红蜻蜓》的审稿工作，从 1946 年 6 月至 1948 年 10 月发表了大量的评语。同时，他还参与策划出版了面向少男少女的文学全集，而他自己为少男少女所创作的作品也得以结集出版单行本。再联想到《挚友》出版于 1954 年的事实，不妨认为，川端康成的少男少女小说创作持续了近 20 年。

或许我们有必要注意到这样一个事实：川端康成从 1916 年 17

岁时所写下的作文《肩扛恩师的灵柩》（后以此为基础，于1927年发表了《仓木先生的葬礼》）开始，到1968年荣膺诺贝尔文学奖为止，他为少男少女所创作的小说、儿童文学作品，始终贯穿于川端文学的底层。从某种意义上说，它们既是川端那种“孤儿的感情”的产物，也是他进行自我救赎的尝试，同时又化作了对纯真与温情的呼唤。

二

作为日本文坛泰斗式的存在，川端康成为什么对儿童文学，特别是少女小说倾注了如此持久而热烈的情感呢？我们不妨从两个方面来探讨这个问题。其一是川端文学的美学在少女小说中的贯穿和体现；其二是他在“作文运动”中所倡导的创作理念使然。

在川端康成的大量儿童文学作品中，占绝对主流的依旧是少女小说，这并不是一种偶然的现象。正如吉行淳之介在《川端康成论断篇》中指出的那样：“川端康成与少女，这在探讨川端康成文学时，乃是一个重大的课题。”[①]其证据是，川端作品中常常有“少女”或“处女”作为主人公闪亮登场，并被赋予了极其重要的意义。关于这一点，

---

① 《文艺读本 川端康成》，河出书房新社，1977年，第18页。

三岛由纪夫在《永恒的旅人》一文中写道："他的爱欲与其说是他自身官能的流露，毋宁说是对官能的本体，即生命所进行的一种并不遵循逻辑归宿的不断接触，抑或接触的尝试。它之所以在真正的意义上是充满爱欲的，乃是因为其对象，即生命，处于一种永远无法触及的机制中，而他之所以喜欢描写少女，乃是出于对处女那种机制的兴趣：只要还停留在处女的范畴内，那她便永远不可触及，而一旦受到侵犯，她便不再成其为处女了。"[①] 川端这种对"少女"或"处女"的无穷兴趣无疑是他创作大量少女小说的原动力之一。而川端康成本人在《致父母的信》中，对这一问题做了更为感伤和详尽的说明，即他喜欢的少女并不是那种生长在幸福家庭中的少女，而是远离了骨肉至亲、与不幸搏斗的少女。这一点也贯穿在川端康成少女小说中的主要人物身上。如《少女的港湾》中的洋子，《花的日记》中的英子，《学校之花》中的清水，还有《挚友》中的霞美等，无一不是在逆境中与不幸和孤独搏斗着的少女。在这帮孤儿式的少女身上既可以寻觅到川端少年时代的影子，也寄托着他理想中的少女形象。我们不难从这些主人公与川端童年生活的重叠中，发现他热衷于少女小说创作的秘密。它们既源自他那种自幼便根深蒂固的"孤儿的感情"，也是他在文学世界中所进行的一种自我救赎和补偿。

而且，从《少女的港湾》《花的日记》和《挚友》等作品中，

① 同上，第 42 页。

我们还可以发现另一个特点：川端喜欢描写少女时代那种炽烈的友情，以至于这些作品被某些人称之为“百合小说”的鼻祖。在那种彼此倾慕的同性友情中，少女们经历了种种纠葛和误解，最终走向了成熟。无疑，那种精神上的相互依恋和爱慕只有在少女时代尚未真正涉足异性爱的短暂时期内才是可能成立的，并散发出紫罗兰一般的芳香。它是如此微妙，既不可能萌生得更早，也不可能持续到更晚，具有一种十足的青春性和时间上的紧迫感，而这无疑也与川端那种对美的感受性一拍即合。而且，我们会不由自主地联想到川端在中学五年级时与一位低年级少年之间那种近于同性恋式的友情。1948 年，当川端已年近 50 岁时还这样写道：“我被这种爱所温暖，所洗濯，所拯救。清野（此处川端使用的是化名，真名为小笠原义人，是与川端同室的二年级学生——引者注）是一个如此纯真的少年，很难让人感到他是此间之物。打那以后，直到 50 岁为止，我似乎再也没有遇到过这样的爱了。”尽管川端康成并不是一个同性恋者，但他却在自己恋爱经历的第一页上记录下了“清野”这个少年的名字，这无疑是饶有兴味的事实。正如吉行淳之介指出的那样，“如果说这个少年只是‘女性的替代品’，似乎还不能贸然下此结论。正是在这一点上，可以看到川端那种恋爱形式的独特性”[①]。不管怎么说，正如川端自己所坦言的那样，和“清野”之间的“友情”毕竟在他

---

① 同上，第 18 页。

一生“爱的阅历”中占据着举足轻重的作用。有一点是颇为有趣的，在川端的几部少女小说代表作《少女的港湾》《花的日记》和《挚友》中，都对那种少女之间的热烈友情进行了细致入微的心理描写和大肆渲染。或许其中正好有着他自己少年时代那段情感的投影吧——只是在《少女的港湾》中，把中学五年级的他和低年级的“清野”置换成了高年级的洋子和低年级的三千子这两个少女；在《挚友》中被置换成了同年级的惠美和霞美这两个少女。正是通过这种性别的置换，一是满足了川端那种近于少女情结式的审美观，二是超越了作者个人情感的简单再现，使其获得了一种普遍性的升华。不过，只要看看川端康成在日记中对自己与“清野”之间那种爱的细节的描写，再对照《少女的港湾》和《挚友》等小说中对少女之间那种情感的描写，就会对其中的差异一目了然。

> 上床后，我握着清野温暖的胳膊，抱紧他的胸脯，拥住他的脖子。清野半梦半醒地让我的脖子放在他脸上。我脸颊的重量压在他的脸颊上，我干渴的嘴唇落在了他的额头和眼睑上。我因自己的身体过于冰凉，有些可怜他。清野不时天真地睁开双眼抱住我的头。我久久地凝视着他紧闭的眼睑。（1926 年 12 月 4 日的川端日记）

这种关于身体接触的描写在川端的任何一篇少女小说中都踪迹

难寻。他只是着力描写那种相互倾慕的心理，而从不曾掺杂带有官能色彩的描写,使那种同性的友情一直保持着健康向上的明朗色彩。这似乎可以归结为川端康成在作为一个少女小说家时所抱有的责任感和道德感使然。在此，还不能不联想到他在回复为什么要写少女小说这一问题时的答案：“我想，或许这会成为给自己艺术小说的不健康带来治愈作用的一步吧。”尽管在他的成人小说中不乏对官能的描写，并通过对官能的探究来挖掘人性爱欲的终极形式，可一旦进入少女小说的天地，他便马上意识到了自己所面对的读者群乃是少男少女，因而在作品中强化了小说的教化作用，并希望借助少女小说的阳光与健康来治愈其成人小说中的“阴郁”与“病态”，为此甚至不惜牺牲其在成人小说中的敏锐性和彻底性，而没能完全摆脱一般少女小说的那种通俗性。而川端康成如此自觉地强调作品的教化作用，或许也与《少年俱乐部》《少女俱乐部》（川端康成曾为它们创作了大量作品）那种主张少男少女小说应兼有“娱乐与教化”这两重作用的方针有关。无疑，川端康成也赞同这一主张并在少男少女小说中加以身体力行。

三

川端康成在积极创作少男少女小说的同时，也参与了“作文运动”，两者相辅相成，浑然一体。这是他在战争体制之下对战争的一种应对方式。他试图在那种非常形势下，奏响人类纯粹的乐音，甚至把“作文运动”看成是对“日本人”本身进行反思的一种手段和方法。所以，当1939年《模范作文全集》出版时，川端康成这样写道：

我们要从作文中倾听我们民族纯粹的声音，从中找出宝贵的象征。在所有的文章中，作文成了最真正的文章。它既揭示了文学的原点，也标明了某种终点。

儿童的作文与远古的诗歌一脉相通，大人之所以能从作文中找到自己幼年时的身影，并依靠作文来医治心灵的创伤，或许是因为接触到了这种朴素而纯洁的幸福吧。

（中略）

作文的宝贵首先在于那种“率直的心灵”，孩子们尽管以自我为中心，我行我素，却依靠那种率直的心灵而放射出纯洁的智慧之光。我们在作文中发现：人生原本是善良而美丽的，而语言乃是为了再现人类的善良和美丽。大人依靠阅读作文来回忆幼时的光阴，心生眷恋之情，但仅此却远远不够，更需要回首我们一生都不应丧失的本心，反省真正的人性，将此作为一条途径。

从上述文字中随处可见“朴素而纯洁的幸福”“率直的心灵”“纯洁的智慧之光”“人类的善良和美丽”“真正的人性”等词语。川端认为，通过语言来表现人类之“美丽”的东西，便是“作文”，便是小说。这无疑也是川端康成对少男少女小说所抱有的理念，甚至从某种意义上讲，也是川端康成的文学观吧。所以，他在那种黑暗的年代里一边提倡“作文运动”，一边创作了大量的少男少女小说。1949 年川端在《新文章讲座》中指出：写文章并不是作家的特权，作家的天职在于写出“富有生命力”的“活生生的”文章，毋宁说文章的神髓正好在于少年时代那貌似毫无意义的“歌声”之中。

战后川端对文章所抱有的这种理念，无疑也与他创作少男少女小说的理念一脉相承，更与他积极推进“作文运动”的理念同出一辙。他认为，在不是依靠理论，而是依靠直观的精神来捕捉的物象中间，正好蕴含有闪烁着生命光辉的、纯粹的、率直而无瑕的东西。

可以说，作为成人小说而创作的《雪国》《抒情歌》《花的圆舞曲》等等，是贯穿在《汤岛温泉》《美好的旅行》等少男少女小说和作文中的那些纯真之心的升华所孕育出来的作品。他在少男少女小说、“作文运动”中所寄托的理念，分明与他的大多数长篇和短篇处在同一次元上。从某种意义上说，或许正是以这些东西为原点而展开的变奏，构成了他丰富多彩的成人小说。比如，可以把《伊豆的舞女》等也视作诞生在少男少女小说延长线上的杰作。

我们不妨说，川端的少男少女小说是一扇朝南敞开的窗户，当阳光照射进去的时候，我们透过它看见了川端文学那间堆满家具的屋子。

著作权合同登记号：图字 18–2020–042

图书在版编目（CIP）数据

挚友 /（日）川端康成著；杨伟译 . -- 长沙：湖南文艺出版社，2021.3
ISBN 978-7-5404-7747-9

Ⅰ. ①挚… Ⅱ. ①川… ②杨… Ⅲ. ①长篇小说—日本—现代 Ⅳ. ①I313.45

中国版本图书馆 CIP 数据核字（2020）第 189336 号

上架建议：畅销 · 日本文学

ZHIYOU
挚友

作　　者：［日］川端康成
译　　者：杨　伟
出 版 人：曾赛丰
责任编辑：刘雪琳
监　　制：邢越超
策划编辑：李彩萍　韩　帅
版权支持：金　哲　闫　雪
营销支持：文刀刀
封面设计：唐旭 & 谢丽
版式设计：李　洁
出　　版：湖南文艺出版社
（长沙市雨花区东二环一段 508 号　邮编：410014）
网　　址：www.hnwy.net
印　　刷：三河市中晟雅豪印务有限公司
经　　销：新华书店
开　　本：880mm × 1270mm　1/32
字　　数：100 千字
印　　张：6.5
版　　次：2021 年 3 月第 1 版
印　　次：2021 年 3 月第 1 次印刷
书　　号：ISBN 978-7-5404-7747-9
定　　价：48.00 元

若有质量问题，请致电质量监督电话：010–59096394
团购电话：010–59320018